暗殺者たち

黒川創

新潮社

暗殺者たち

カバー写真　米田知子
「プラットフォーム――伊藤博文暗殺現場、ハルピン・中国」
装幀　新潮社装幀室

演題は「ドストエフスキーと大逆事件」だが、この作家は、夏目漱石、そして安重根について話しだす

こんにちは。雪が強くなってきましたね。日本だと、一二月初めという時期に、こんなに雪が降ることはないのですが。

学科長のルィビン先生からの助言もあり、きょうはロシア語への通訳はさまずに、僕の日本語だけでお話しすることにします。みなさんは、ここ、サンクトペテルブルク大学日本学科の、おおむね三、四年生から修士課程くらいの学生さんだと聞いています。学生たちの日本語のレヴェルは高いので、通訳抜きで充分だと先生はおっしゃるんです。（笑い声）

演題を先に決めるようにとのことだったので、「ドストエフスキーと大逆事件」としておりま

す。今度、こちらにお招きくださったのは、以前に僕が、チェーホフを素材に使って、日本語で小説を書いたからだろうと思うんです。だけど、きょうは、それとは少し違った角度から、小説というものに近づいていければいいなと思っています。とはいえ、この本題が出てくるまでに、けっこう長い道行きになるかもしれません。その上、看板というものには、つねに偽りがつきものです。実際には「贋《にせ》ドストエフスキーと大逆事件」くらいのところで終わらざるをえないかもしれません。だけど、贋物にも、いくらかの真実が含まれていることがあります。こうして小説のなかに入っていくからには、そのことをテーマとしたいんです。時間は長くいただいていますが、どこまでも結論の出ないような話かと思います。こちらは、お構いなしにしゃべることにしますから、途中でも分かりにくいところがあれば、どうぞ手を挙げて、おっしゃってください。最後にも、質問をお受けするつもりです。

最初に、画像を二点だけパワーポイントでお目にかけます。……これです。

どちらも、いまから百年あまり前の「満洲日日新聞」の第一面です。刊行日は、明治四二年、つまり一九〇九年一一月五日と、その翌日の一一月六日。中国東北部、当時は関東州と呼ばれる日本の租借地の大連で刊行されていた日本語新聞です。夏目漱石が、この両日、トップ記事の扱いで、「韓満所感」という文章を上・下に分けて、東京から寄稿しています。

原文はプリントにして、全文、みなさんの手もとにお配りしましたから、興味のある方は、あとで目を通されるといいかと思います。（プリント全文は「後注」に収録）

夏目漱石という作家のことは、ここにおいでの皆さん、ご存じだと思います。日本の近代文学、いわばその確立者にあたるような人です。同時に、日本でいちばん大事にされてきた作家と言ってもよいでしょう。全集には、彼の書いたありとあらゆる断片までが、網羅されています。そして、彼をめぐる研究書は、何百、いや、たぶんそれ以上が出版されています。

にもかかわらず、この「韓満所感」は、彼の全集に入っていません。この文章に触れた研究書も、おそらく、ない。つまり、この漱石の文章は、百年あまり前に発表されて、それから今日まで、偶然にも、すっかり忘れられてきたのだと思います。

「満洲日日新聞」が刊行されていた関東州は、日露戦争後、一九〇五年に結ばれたポーツマス条約によってロシアから日本へと引き継がれた、中国領内の租借地でした。そして、この「満洲日日新聞」という新聞自体が、途中いろいろと経営主体や名称を変えてはいきますが、第二次世界大戦での日本敗戦で、植民地支配の終わりとともに、完全に消滅します。つまり、日本本土とは隔たった場所、そこで終始したメディアだった。漱石の寄稿を、こうした事情も目につきにくくしていたでしょう。

ともあれ、漱石は、この「韓満所感」で、どんなことを書いていたのか。内容を見ておきましょう。「上」の回の書きだしは、こんなふうです。ちょっと、読んでみます。

「昨夜久し振りに寸閑を偸《ぬす》んで満洲日日へ何か消息を書こうと思い立って、筆を執りながら二、三行認《したた》め出すと、伊藤公が哈爾賓《はるぴん》で狙撃されたと云う号外が来た。……」

(可認物便郵種三第日三月一十年十四治明)

滿洲日日新聞

The Manshu Nichi-Nichi Shimbun.

(一) Dairen Friday, November. 5. 1909 No. 734.

明治四十二年十一月五日 宣統元年九月二十三日 金曜日 (無休刊) 第七百三十四號

韓滿所感（上）

東京より申上候

國鐵の改善

時刻表

線

(一) Dairen Saturday, November, 6, 1909. The Manshu Nichi-Nichi Shimbun. No. 735. (明治三十四年十一月十一日第三種郵便物認可)

滿洲日日新聞

明治四十二年十一月六日 宣統元年九月二十四日 土曜日 (無休刊) 第七百三十五號

韓滿所感 (下)

東京にて 夏目漱石

余は個人の經濟事狀を以て、個人の幸福に至大の關係を有するものと信ずる一人である、滿韓在留の同胞の生活程度が、內地人のそれに比して比較的高いのを目擊して贅澤だ抔とは決して思はない。却つて內地に蟄蟄する我々が氣の毒でならない位である。余が滿洲日々の依賴に應じて一場の講演を試みた際、背後にある中村總裁を顧みていくら總裁だつて內地ではあんな立派な家へは這入れませんと云つたが、是は親友の間柄、當座の冗談に過ぎなかつたのは無論の事であるけれども、是に意味を付けて解釋すれば、總裁が贅澤だと判するよりも、內地人がシミツタレだと飜譯する方が寧ろ適當である。大連にある總裁の社宅は露西亞の技師長とかの家だと聞いてゐる。滿鐵の總裁が露西亞の一技師長の家へ這入つて贅澤だと云はれる樣では、日本も外聞のわるい程希知な國になつて仕舞ふ譯である。否余は田中理事の家に這入つて、其書齋やら應接間を見て、理事の居宅としては寧ろ狹過ると思つた位である。外國人を連れて來て見せたら、是が堂々たる日本の大會社の理事の住居かと云つて驚ろく位のものだらう。朝鮮で余が一週間程厄介になつた知人の官舍は新築で西洋間が四つ程ある。其木口をよく見ると、鴨綠江材に漆をかけたもので、余に云はせると寧ろ粗末である。窓掛や敷物に至つても決して整つてるとは評せられない。夫でも人は立派だ〳〵と囃してゐた。余は局長としての主人が、朝鮮迄來てわざわざこんな家に押し込められたのを却つて氣の毒に思つた。公平に云へば、我々中流の人士は誰でも此位な家に住んで然るべきであらう。余の東京早稻田の借家は、是に比して遙かに劣つてゐる。けれども自分は日本の中流の紳士として、今よりは倍以上に立派な邸宅を有して然るべきものとの觀念を常に有してゐる。此主人は又馬を二頭飼つてゐたが、是も內地から來たものが見たら吃驚の種かも知れない。が、馬を二頭飼ふ局長が珍らしい樣では、日本人の腕も亦小なりと云ふべきである。

歷遊の際もう一つ感じた事は、余は幸にして日本人に生れたと云ふ自覺を得た事である。內地に蹈蹐してゐる間は、日本人程憐れな國民は世界中にたんとあるまいといふ考に始終壓迫されてならなかつたが、滿洲から朝鮮へ渡つて、わが同胞が文明事業の各方面に活躍して大いに優越者となつてゐる狀態を目擊して、日本人も甚だ頼母しい人種だとの印象を深く頭の中に刻みつけられた。

同時に、余は支那人や朝鮮人に生れなくつて、まあ善かつたと思つた。彼等を眼前に置いて勝者の意氣込を以て事に當るわが同胞は、眞に運命の寵兒と云はねばならぬ。京城にある或知人が余に斯う云つた。——東京や橫濱では外國人に向つて、ブロークン、イングリッシを話すのが極りが惡くつて弱つたが、此地に來て見ると妙なもので、ブロークンでも何でもずう〳〵出るから不思議だ。——滿韓にある同胞諸君の心理は此一言で其大部分を說明されはしなからうか

東京より申上候 (十月廿九日)

在京一記者

▲最近又々地租輕減論は火の手を揚げんと致居候而して論者は多くの世評に對し、此議論の斷して政略問題に非ざるを强硬致居候も、其實彼等は此問題の遂行に格別氣無く、否寧ろ此問題の前途如何は顧みる所に無之、唯之に由りて(一)政府當局の道具を使ひ其假勢を天下に示すべく(二)又自己立脚の地盤たる農民への後援たるを仄めかし、以て其忠義顏を立てんとするに過ぎず候、試に思へ下院の通過さへ覺束なき今日の場合、更に此問題に對する上院の形勢全く見込無く、而かも假りに兩院の通過を容易ならしめ得るとせば、彼の恕にして閃光、恕にして露歷なるを期せざる可らざる場合、況んや又彼の年來の宿題たる三税廢止問題の積りつゝある今日也、彼等とて斯ばかり明暸なる前途を見る能はざる程の愚者にはあらず、而知も知つて尙之か遂行呼りを爲す、其底意の程見へ透きて寧ろ滑稽に御座候

▲然らば政府の之に對する態度の如何、目下のところ給さ組にも留めざる程に見受申候、而して彼等は現下の國狀に於て尙新騷擾を試みる者を目して一場の茶番狂言と見做しつゝあり、然れども彼等の用意周到なる、其政策の實行上には常に甚大なる注意と警戒とを怠らざるを以て、多くの場合大小議とも防禦の策は必ず畫策致され居候、世間して桂侯に三段備へありと申候、侯は常に如何なる問題に對しても三段の備へを爲す、コレで行かねばコレ、コレで行かねば最後はコレと、果して然らば地租問題に對する備へは如何、推斷する者は曰ふ(一)懸撫、(二)上院の阻め(三)解散、と益し當らずと雖も遠からざるべく候

移民排斥にあらず

雜報

政府は一昨年米國への勞働移民を禁止し滿韓への殖民を奬勵する事に決し爾來其方針に依り米國行移民を禁止しつゝあるが米國に於ける日本移民は他の大陸移民に比し毫も遜色なきのみならず其の勤勉なると勞銀の低廉なる點に於て遙かに他國移民に優れるに拘はらず一昨年激烈なる排斥運動の起りしは一は米國勞働者の反感を買ひしに依るも彼等が多く米國の國狀と同化し能はざるに依る大陸移民中の最大多數を占むる伊國移民を見るに彼等は常に經濟上並に社會上の狀態に留意し若し米國の經濟狀態不良にして移民の過多に苦しむ時は其の入國を制限し勉めて米國の國狀に一致せん事を計るも日本移民は是等に頓着せず盛に移民を送るも米國の需給に注意せざるより終に一般の排斥を蒙るに至れり獨り是等に止らず其日常の生活社交に於ても日本移民は自ら城壁を築て一區劃を設くるが如き觀あり此不同化の點を除て日本移民は何等の不許排斥を受る事然に政府が斷然移民渡航を禁止しは多少早計の嫌ひなきにあらず伊國は先年財政の窮境より脫せしは全く移民より受けたる物質上及び精神上の結果にして移民は本國へ送金を怠るのみならず其の歸國に依つて先進の文明を輸入し新思想を傳播すると同時に自身亦た一個の紳士として世に立つ事を得以て國家隆昌の基を開くに至る政府が滿韓の殖民を奬勵するは未だ可なるも夫れが爲め米國移民を禁するは其の意のある處を知るに苦しむと最近歸朝の某外交家は語れりと

飛行機と潛航艇

某海軍將校の談に曰く飛行機及び潛航艇の研究は世界各國の最も注意を拂ひつゝある重要問題にして坊間往々日本の飛行機調査に就き列國に劣れるあるやに傳ふるも決して然らず我當局者亦既に或種の成案を得居るも愼重なる研究を遂げたる上之れを實行するにあらざれば多大の經費を徒らに費すの恐れあり旁々一個の飛行機すら製作されざる次第なるべし而して之れが軍事上の價値に至りては單に幾多の研究を施されたる後は相當効果あるものならしむるを得べしと云ふに留り現時以ては到底充分なる兵器たり難し潛航艇に至りては本邦海軍既に大小數隻を有し盛んに練習研究を重ね居れるも分凌波性に乏しきものなれば將來は知らず現在に於ては單に一部海峽若くは河岸主要地の防備用として來航敵艦に偏へ或は敵艦碇地軍港根據地附近に出沒して之れを脅かすの具たるに過ぎざるべしと云々

商法改正內容

改正商法は目下司法省法律取調委員中商法改正委員會の手に於て富井政博士委員長として調査の歩を進めつゝあるが其內容を聞くに旣に第一編第二編の改正草案起草を了して主査會に附し目下第三編商行爲の逐條審議中にて主義としては今回の改正は商法施行上不便なる點のみを改正補削するに止むるを之を各條項及字句の細目に就き檢すれば改廢の跡尠からざるものあり商行爲に於て最重要なる改正を見

わかりますか?

漱石は、こんなふうに書いています。

——きのうの夜、ちょっと暇ができたので、満洲日日新聞に何か寄稿しようと書きはじめたとたん、伊藤公がハルビンで撃たれたとの新聞の号外が届いた——、と。

「伊藤公」とは、日本最初の総理大臣、伊藤博文公爵のことです。彼は、この一九〇九年一〇月二六日、日本による朝鮮の植民地化に反対する韓国人義兵、安重根によって暗殺された。そのニュースが、東京の自宅にいる漱石のもとに届いたということです。

伊藤博文は、四度にわたって総理大臣をつとめたのち、初代の韓国統監となりました。つまり、朝鮮王朝の属国化支配を進める日本政府の担当機関、そのトップをつとめたということです。やがて伊藤は、この年六月、韓国統監を辞職しました。そして、ロシアのココフツォフ財務大臣と会談するために中国の満洲北部、ハルビンへと向かいます。そうやって、この朝、ハルビン駅のプラットホームに降りたってまもなく、抗日パルチザン安重根によってピストルで狙撃され、絶命する。その事件です。

漱石のこの寄稿が「満洲日日新聞」に載るのが、一一月五日。つまり、事件から一〇日ほどのちのことです。当時は、ファックスも電子メールもない。したがって、事件を知った翌日、漱石はこれを書き、東京から郵便で満洲の大連に向けて送る。それは鉄道と船で海を渡って運ばれて、現地の新聞社に届いたんでしょう。

ともあれ、その事件の報に東京で接して、漱石はたいへん驚いている。なぜかというと、ちょうど、この直前に、彼は、学生時代の親友である南満洲鉄道総裁・中村是公からの招きで、満洲と朝鮮をひと月半ほどかけて旅行して、帰ってきたばかりなのです。当時は、朝鮮王朝が「大韓帝国」と国号を変えていた時期で、これによって、「韓国」とも呼んでいました。このときの旅で、漱石はハルビンにも一泊で滞在しています。そして、釜山から船で下関まで戻ってきたのが、一〇月一四日。そこからの途中で大阪朝日新聞社に立ち寄ったりして、東京の自宅に戻り着いたのが、一〇月一七日の朝でした。

それからわずか一〇日ほどで、訪ねてきたばかりのハルビン駅頭で起こった伊藤博文暗殺を知る。ちょうど、そのときの旅のことを「満洲日日新聞」に書きかけていたわけですから、漱石の書き出しに緊迫感が漂うのも、当然でしょう。

この先、もう少し読みましょう。

「――哈爾賓は余がつい先達《せんだっ》て見物に行った所で、公の狙撃されたと云うプラットフォームは、現に一ヵ月前《ぜん》に余の靴の裏を押し付けた所だから、希有の兇変と云う事実以外に、場所の連想からくる強い刺激を頭に受けた。ことに驚ろいたのは大連滞在中に世話になったり、冗談を云ったり、すき焼の御馳走になったりした田中理事が同時に負傷したと云う報知であった。けれども田中理事と川上総領事とは、軽傷であると、わざわざ号外に断ってある位だから大した事ではなかろうと思って寝た。今朝《こんちょう》わが朝日所載の詳報を見ると、伊藤公が撃たれた時、中村総裁は倒れんとする公を抱いていたとあるので、総裁もまた同日同刻同所に居合せたのだと云ぅ事を承知して、又驚いた。……」

田中理事とは、南満洲鉄道の田中清次郎理事で、このとき三七歳。また、川上総領事とは、ハルビン総領事の川上俊彦で、このとき四七歳。ちなみに漱石自身は、当時満四二歳です。

つまり、漱石は、ここで確かに驚いてはいるのですが、それはつい先日自分が訪ねたばかりの場所で凶事が起こり、しかも、そのとき満洲現地で世話になった人が事件に居合わせていたという事実に、びっくりしているのです。自国の元首相が暗殺されたことへの怒り、興奮、あるいは悲しみ、というのではなさそうです。事件現場に居合わせた知人らが「軽傷」と報じられていることに安心して、すぐにその夜は眠ってしまったくらいですから。そして、あくる朝には、旧友の中村是公までもがその場にいて、しかも狙撃された伊藤公を抱きとめたのだと知り、また、あらためて驚いています。

事件当日の狙撃前後の経過は、当時の新聞などからすると、およそこんなところです。

——朝九時、枢密院議長の伊藤博文ら一行を乗せた特別列車は、長春から東清鉄道を夜通し走って、ハルビン駅のプラットホームにすべり込み、会談相手のロシアのココフツォフ財務大臣らが出迎えます。こうした一連の儀礼がとりおこなわれた直後、背広姿にハンチング帽をかぶり、外套をはおった男が、警備の列のあいだから、ピストルで伊藤を撃ったとのことなんです。

……まず三発撃って、いずれも伊藤に的確に命中した。そのあと、さらに三発を随行の者たちのほうに向けて撃ち、彼らにもけがを負わせた。数名のロシア兵士らが犯人を組み伏せる。このとき、その男は、「コレヤ・ウラー」と叫んだといいます。韓国、万歳。安重根はロシア語は判らないと言っていますが、ここはロシア語なんです。およそ三〇分後に、伊藤は息を引き取ります。

この事件を伝える「号外」を、東京にいた夏目漱石は、いつ、どんな記事として見ることができたのか？　結論を言うと、当日のうちに、早くも「伊藤公狙撃さる」「藤公即死」の号外が出ています。これは、そのときの「大阪朝日新聞」号外の見出しです。

本文には、「伊藤公が二十六日哈爾賓停車場に着し列車を降らんとする際、韓人と覚しきもの、公を狙撃せりと在ハルビン川上総領事より電報ありたり。尚《なお》、随行者、田中満鉄理事も軽傷を受けたりと。……」などとあり、「東京電話、二十六日発」と記されています。当時は、急ぎの記事は、電話か電報で送った。同様の号外は、「東京朝日新聞」でも出したでしょう。漱石自身も、このときは東京朝日新聞社の社員でした。速報競争は日露戦争のあと、新聞社間で激しさを加えていました。

翌一〇月二七日の「東京朝日新聞」の紙面には、「伊藤公殺害さる」の詳報が載ります。また一方、その第三面には、六日前から漱石が連載を始めたばかりの「満韓ところどころ」の第五回も載っています。つまり、先だって彼が満洲・朝鮮旅行をしてきたおりの報告文です。

これらから判断するなら、漱石が、事件の「号外」と、朝日新聞紙上の「詳報」を見て、満洲日日新聞社に向け「韓満所感」の原稿を書いているのは、一〇月二七日ということになるでしょう。

もっと大事なのは、漱石が、いったいどんな経緯から「満洲日日新聞」に寄稿する約束が生じていたのか？　ということです。それを知るためには、彼が、先の「満韓ところどころ」の旅に、どういう経緯で出かけたのかということから、確かめておかねばなりません。

漱石による旅のきっかけは、七月の末、東京の彼の自宅に、「満鉄」、つまり南満洲鉄道の総裁、中村是公が訪ねてきたことに始まります。「満洲に新聞を起すから来ないか」と、中村は漱石を誘ったんです。彼らは、一〇代のころ同じ下宿屋で学生生活を過ごした間柄ですから、仲がいいんですね。漱石は、中村のことを「ゼコー」と呼び捨てです。中村のほうは、漱石を「金ちゃん」。これは、漱石の本名が、夏目金之助だからです。

このとき、中村是公が漱石に「新聞を起すから」と言ったのが、「満洲日日新聞」のことなんです。つまり、当時、この新聞は実質的に満鉄が経営していたので、そこに有名作家としての漱石の協力がほしい、という望みが、中村是公の側にはあったんです。

一方、漱石のほうは、「朝日新聞」――これは、東京と大阪の両地で発行されていたのですが――、そこに連載してきた『それから』という小説が、そろそろ書き終わるところだった。ですから、この旅の誘いに、心が動くんです。ロンドンには留学していたものの、中国、朝鮮には出むいたことがなかった。だから、気晴らしを兼ねて、親友を頼りに満韓旅行をしてみるのも悪くない、という気持ちになったんでしょう。

日露戦争、これが、一九〇四年から一九〇五年にかけてのことです。海戦は日本海などで行なわれた。だけど、陸の主戦場は日本でもロシアでもなく、中国の満洲でした。そして、これの講和で、日本は、それまでロシアが満洲で経営してきた鉄道の一部を手に入れた。具体的には、長春―旅順間です。そこで、国策にもとづく鉄道会社を始めたのが、中村是公が二代目総裁をつとめる南満洲鉄道です。一九〇六年末の創立。そして、この満鉄の経営下で、翌一九〇七年、「満洲日日新聞」が創刊されました。ところが、その新聞社の初代社長の経営ぶりがまずいというんで、社長交代を中村たちが準備しつつあるのが、この一九〇九年夏なんです。

八月なかばになると、東京の漱石の家に、伊藤幸次郎という男から、「満鉄に入って新聞の方を担任」するのでどうぞよろしく、という手紙が来る。この男も学生時代には漱石の同級生で、九月に彼が「満洲日日新聞」の二代目社長に就く。九月はじめ、漱石が満洲に渡ると、伊藤は大連での講演を彼に頼んで実現させたりしています。

日本に戻ると、漱石は当時「朝日新聞」お抱えの作家ですから、その紙面で紀行文「満韓ところどころ」の連載を、さきほども言ったように一〇月二一日から始める。すると、とたんに、五日後の二六日、安重根の伊藤博文暗殺がハルビンで起こったわけです。

この事件に、漱石がどんな感想を抱いたのか、はっきりとはわかりません。彼自身は、日本による植民地化が進む朝鮮を旅行するあいだ、たちの悪い日本人に騙されたりしている現地の朝鮮人を気の毒に思いながらも、日本人の海外への進出ぶりを誇らしく感じるところもあったようです。アンビヴァレントというのか、ぶらぶらしています。ですから、こうした問題には、まっすぐに賛否をもって答えたくはない、というか、ちょっと距離を取って目をそむけておきたい、という態度が漱石にはあります。

その印象は、今回お見せしている、この「韓満所感」でも変わりません。現地の人びとに対する差別感情と取れるところもなくはありませんが、それよりも、むしろ、何かだらだらとはぐらかされているような退屈さを感じます。これは、ふだんの漱石の批評的な短文などにはないことです。つまり、このぐずぐずとした、ある種の不誠実さこそが、この時期の満韓旅行に触れた、いくつかの彼の文章や講演の特徴であるとも言えそうです。

その一方で、朝鮮人による、日本国初代首相だった人物の暗殺という事件は、この日本社会にとっては衝撃的な大ニュースです。そのため、これについての報道で朝日新聞の紙面はどんどん埋まって、漱石の紀行文「満韓ところどころ」の連載は、たびたび休載にされてしまいます。漱石には、それもまた、おもしろくありません。実際、書き手としては、これでは執筆のペースもくるってしまうでしょうから。そういう具合で、だんだん彼は、よけいにこの連載を続けることに嫌気が差してくる。わがままと言えば、わがままです。いや、むしろ彼には、こうした騒ぎを口実に、連載を打ち切りたい気持ちが増していたのかもしれません。なぜなら、この連載を続けると、ゆくゆく、朝鮮の旅を舞台に、安重根による伊藤博文殺害などに関しても、なんらかの意見を述べねばならなくなるからです。

結局、漱石は、この「満韓ところどころ」の連載では、満洲の旅のくだりだけをだらだらと続けて、いよいよ旅の行程が朝鮮に入ろうとするところで、その年末を区切りに、連載を打ち切ってしまいます。ですから、「満韓ところどころ」という紀行文は、実際には「満」の部分だけが書かれて、「韓」についてはは書かれずに終わっているんです。漱石の気分が、ここには、よく表れていると思います。彼は、もう、無理にこの旅行記を続けているより、次の小説にむけて、神経を集中させたくなっていたんでしょう。

そんな経緯をたどって、翌年一九一〇年三月から、「朝日新聞」紙上で連載を始めるのが、『門』という家庭小説です。この小説を書き起こしてまもなく、彼は、二人暮らしの主人公夫婦に、こんな会話をさせています。これも読み上げてみましょう。

《宗助は、五、六日前、伊藤公暗殺の号外を見たとき、お米の働いている台所へ出て来て、「おい大変だ、伊藤さんが殺された」と云って、手に持った号外をお米のエプロンの上に乗せたなり書斎へはいったが、その語気からいうと、むしろ落ち付いたものであった。

「あなた大変だって云う癖に、ちっとも大変らしい声じゃなくってよ」とお米があとから冗談半分にわざわざ注意した位である。その後日毎《ひごと》の新聞に、伊藤公の事が五、六段ずつ出ない事はないが、宗助はそれに目を通しているんだか、いないんだか分らない程、暗殺事件については平気

に見えた。》

これ、漱石その人のことのように思いませんか？

……ただ、ここから先、この主人公は、もっと突飛なことも言いだします。

《「己《おれ》みたような腰弁は殺されちゃ厭《いや》だが、伊藤さんみたような人は、哈爾賓《ハルピン》へ行って殺される方がいいんだよ」と宗助が始めて調子づいた口を利《き》いた。

「あら、何故《なぜ》」

「何故《なぜ》って伊藤さんは殺されたから、歴史的に偉い人になれるのさ。ただ死んで御覧、こうは行かないよ」》

「腰弁」というのは、この主人公、宗助のような安月給の下級役人のことをさしています。腰に弁当をぶら下げて勤めに行く、ということから。

ともあれ、漱石という人には、こんなふうに突き放して、この問題を見ているところがあります。

その文章の存在に、どのようにして自分が気づいたかを、この作家は語る

　ところで、漱石の「韓満所感」という、この一世紀のあいだ忘れられてきたらしい「満洲日日新聞」への寄稿文の存在に、僕はどうやって気づいたか。その経緯も説明しておきます。

　去年、二〇一〇年春のことです。

　僕は、韓国・光州市の全南大学で開かれた「光州民衆抗争三〇周年国際シンポジウム」という集まりへの招きを受けました。三日間の催しで、僕自身は二〇分間ほどの発題をし、あとは討論に加わっただけでしたが。この催しは、一九八〇年五月、韓国での軍事クーデターに光州市の学生や市民らが抵抗した「光州事件」から、ちょうど三〇年になる機会をとらえて準備されたものでした。さらに言うなら、その年の韓国は、李承晩政権を学生デモが倒した一九六〇年の四・一九革命から五〇年、日本による一九一〇年の韓国併合から百年、つまり、安重根の処刑からも百年目にあたるという、なんだか惑星直列みたいな巡りあわせの一年なのでした。

　僕自身は、光州事件当時、一八歳の大学新入生として、日本の京都で暮らしていたにすぎません。軍事独裁政権を長年続けてきた韓国の朴正熙大統領が前年秋に暗殺され、その春、韓国は「ソウルの春」と呼ばれて、続けざまに民主化を求める学生たちの大きなデモがありました。と

ころが、この状況に対抗して、全斗煥が軍を率いてクーデターを起こし、特に光州ではたくさんの学生や市民たちが連行されたり、殺されたりしていました。民主化勢力の大統領候補だった金大中らも捕まって、死刑判決が下されそうだという状況になっていました。

当時、僕は古代史と考古学に興味を抱いて大学に入ったんです。けれど指導教授の勧めもあって、日朝関係史の勉強を基礎ゼミナールなどで始めていました。はい、古代以来の朝鮮半島と日本列島の交渉史です。身近なところには、日本生まれの韓国人、朝鮮人、つまり在日コリアンの友人らも多かったので、それもどこかで動機につながっていたように思います。

ところが、そのように日本で生まれ育った韓国人の学生たちが、韓国の大学に留学して、共産スパイだとかいう容疑で投獄されたりするケースが相次いでいたんです。韓国国内の人びとにとって、彼らは同じ韓国籍を持つとはいえ、生まれたときから日本という外国で育ってきた、言うならば異文化を負う人間です。彼らを陰謀の関係者と見立てることで、海外から危険思想が入ってくるという恐怖感をあおって、国内に軍事独裁が続くのを正当化する政策の犠牲にされたということでしょう。

そのころ、僕たちゼミナールの一年生仲間は、これは自分たちが学んでいることにも関わっているのだから、ということになり、光州事件の逮捕者の釈放を求める集まりを大学内で開いたりすることを続けていました。自分たちの署名をまとめて、韓国政府に送ってみようとか、その程度のことなんですが。すると、あるとき、韓国の刑務所や拘置所に囚われている日本生まれの故国留学生たちへの差し入れに行ってきてくれないか、という声が、僕にかかったんです。現地の弁護士や人権擁護の関係者、親族たちとも会ってきてほしい、とのことでした。そのとき、僕は一九歳で、どんな運動の組織とも無関係でした。だから、いったいどういう考えで、そうした救援運動に取り組む人たちが、僕に声をかけてきたのか、わかりません。まあ、若くて元気のよさそうな者に、こうした経験を積ませておくほうがいい、ということだったのかもしれません。僕だって、いまなら、若い世代の人たちに対して、きっとそういうふうに考えるでしょう。ともかく、ほかに経験者が三人、いっしょに韓国へ渡るようにするので、君は自分のパスポートとヴィザだけ用意しておいてくれれば、それでよい、とのことでした。

年長の三人の同行者とともに、僕が韓国の金浦空港に降り立ったのは、一九八一年一月です。ちょうど、非常戒厳令がおよそ一年三ヵ月ぶりで解かれた、その翌日のことでした。それでも、当時はまだ夜間外出禁止令が続いています。真冬のソウルは、日本よりもずっと寒いんです。当時は、町の中心部を少しはずれた西大門というところに大きな拘置所があったのですが、面会や差し入れの家族らが長い列を作っていました。

僕らは、そこから二手に分かれて、韓国国内の各地の刑務所や、保安監護所と呼ばれる非転向の政治囚を閉じこめている施設をまわりました。ひっそりと人権活動を続ける弁護士や牧師、元政治家、そして親族の人たちとも、現地でどうにか連絡を取りあって、会っていきました。でも、やはり、軍事体制の下にある社会というところでは、そうやって動くにつれて、気の滅入ることも重なります。苦労して相手の住所を尋ねあてても、荒れ果てた空き部屋だけが残されているとか、そういうことも。こういうのは、きっと、ここ、みなさんたちの社会でも、経験されてきたことと思います。そんな冬の寒さというのは、若い体にもこたえるものでした。

思いがけなく、それから三〇年を経て、去年の光州市での「光州民衆抗争三〇周年国際シンポジウム」という催しに招かれたのは、そんなことからだったらしいんです。というのは、そこへの参加を求める電話を僕のところにかけてきたのは、三〇年前、僕が韓国の刑務所で差し入れをした囚人の一人だったからです。そのときは、面会さえも許されませんでした。ただ、冬物の衣料と、いくらかの領置金、ごく短い手紙などを差し入れられただけでした。けれど、三〇年後の光州市でのシンポジウムでは、彼は定年まぎわの大学教授となって、議長席に座っていました。

ところで、そのシンポジウムの会場から、ロビーに出ると、韓国のいくつかの出版社が出店を設けていました。シンポジウムのテーマと関連がありそうな出版物を、そうやって売っていたんです。ぼくは、自分の発題を済ませた休憩時間に、何冊かの本をそこで手にとって開きました。歴史書専門の出版社の出店だったと思います。そのうちの一冊に、『大韓国人　安重根　資料集』と題された、赤い大判の本がありました。開いてみると、安重根による伊藤博文狙撃事件当時の新聞記事が、マイクロフィルムから起こしたままの状態で、大きいものも小さいものも区別だてせず、ただ日付順に並べて印刷してあるものでした。そのなかのひとつに、一九〇九年一一月五日付の「満洲日日新聞」の記事があり、ハングル表記の見出しが、ただ「韓満所感（上）」とだけ添えられていました。ですが、もとの記事それ自体は、日本語によるものです。そして、その冒頭には、「東京にて　夏目漱石」と筆者名が入っているのも見えました。

僕は、夏目漱石については、以前にかなり調べたことがあったので、こんなタイトルの随筆は『漱石全集』にも収められていなかったんじゃないかなと、気がつきました。そこで、とりあえず、この資料集を日本に買って帰ったんです。

それから図書館に通ったりして、やはりこの記事は全集などにも収録がないことが、わかりました。それと、『大韓国人　安重根　資料集』は、安重根に言及がある記事だけを集めたものなので、「韓満所感（上）」だけを載せているけど、当時の「満洲日日新聞」の紙面にあたると、その翌日には「韓満所感（下）」も掲載されていることを確かめることができました。

以来しばらく、この記事の周辺のことを調べはしたのだけど、それについて、原稿にまとめる時間も取れないまま過ごしてしまいました。だから、きょう、こうやってサンクトペテルブルク大学の日本学科で、みなさんを相手に自由に講義するという機会をとらえ、報告させてもらっているわけです。

少なくとも韓国で、『大韓国人　安重根　資料集』の編者たちは、この漱石の文章に気づいていた。だけど、彼らの関心は、漱石ではなくて安重根のほうにあるわけで、ことさらこれを気にかけることはなかったんでしょう。文学史研究っていうのは、そういうものなんですよね。そして、気づいた当事者は、それはそれで胸が弾みもするのだけれど、やはりその資料の背景にどんな広がりがあるかを明らかにしておかなければ、大多数の人びとには何の意味ももたらさずに過ぎていく。いや、見つけた当事者だって、やがて忘れてしまいます。

ノヴォキエフスクという場所のこと

安重根とは何者なのか?

きょう、お話しすることでは、こちらのほうが重要です。

彼は、一八七九年、朝鮮の黄海道海州、現在だと北朝鮮に含まれる黄海沿岸の町に生まれた人物です。つまり、伊藤博文をピストルで撃ったとき、彼は満三〇歳。その翌年、一九一〇年三月二六日、日本の関東都督府が所轄する、遼東半島の旅順監獄で死刑に処されます。事件からちょうど五ヵ月後のことで、絞首刑でした。

開明的な知識階層の長男で、幼いうちから狩猟を好んでいたそうです。そして、一〇代の終わりに、カトリックの洗礼を受けています。

一九世紀後半以降の東アジアは、中国東北——つまり満洲、そして沿海州、さらに朝鮮半島にわたる一帯をめぐって、ロシア、中国、日本が、角を突きあわせた時代です。これらの国ぐにのあいだに置かれた朝鮮は、もみしだかれるように国としての力を弱めていきます。

まだ国境線では、中国東北とロシアの境界も、はっきりしていない時代なんです。というより、そのあたり、アムール川、ウスリー川などの流域には、当時、ロシア人はそんなにいたわけではない。むしろ、北方系の先住少数民族たちが、狩りや漁をしながら暮らしてきた土地です。当時も、なお、そうでした。かろうじて、一八五八年、アイグン条約がロシアと清国のあいだで結ばれて、アムール川、つまり黒竜江の左岸は、ロシア領だという取り決めがなされる。次いで、一八六〇年の北京条約で、ウスリー川から東の沿海州もロシア領であると決められた。けれど、そうなると、豆満江をはさんだ清国と朝鮮の国境をどう引くのか、さらに、その下流の朝鮮とロシアの国境はどうか、という問題も出てきます。

これは、単に、忘れられていた辺境での国境問題というものではありません。なぜなら、豆満江の左岸、つまり中国側にあたる地域にはすでにおおぜいの朝鮮人が暮らしていたからです。ロシア領に組み込まれた沿海州でも、そうでした。一九〇四年から翌年にわたる日露戦争と並行して、日本が朝鮮王朝の属国化を深めるにつれ、土地や財産を失った朝鮮の農民層、そして、日本による支配を嫌った人びとが、さらに、国境を越え、これらの土地に移っていくようになりました。

安重根は、このような時代を生きた人なんです。

日露戦争の日本海海戦では日本海軍が勝利を得ましたが、陸上の戦争ではロシア陸軍にまだ余裕はあった。にもかかわらず、ロシアが講和を急がなければならなかったのは、自国のなか、特にここ、ペテルブルクで革命が広がっていたからですよね。後ろから火がまわっていた。

一方、日本はこの戦争の開戦と講和、そして戦後期と、三年間のうちに朝鮮王朝とのあいだで三度の協約を結んで、その属国化を果たしました。もちろん、これらが並行して進んでいるのは、偶然ではありません。つながっていたことなんです。

安重根は、こうした時代のなかで青年期を過ごします。一〇代なかばで妻を持ち、三人の子もありました。公正を重んじる人だったようです。

日露戦争後、父と相談し、中国の山東半島か上海あたりに移住して、そこで暮らしを立てながら、日本への抵抗運動を組織しようと考えたことがあるようです。彼は、山東、上海を視察して歩きました。そうするうちに、上海の街で、以前から親しくしているフランス人の神父と偶然出会うんです。どうしてこんなところにいるのか、と相手が驚くので、彼は自分たちの計画を話しました。すると神父は、強くその計画に反対したといいます。

――君の言いぶんはその通りだが、家族を外国に移住させる計画は間違いである。フランスがドイツと戦争をした結果、アルザス・ロレーヌ地方を割譲したことは知っているだろう。以来四〇年近く、それを回復する機会はしばしばあったのに、志ある者たちが外国に避難してしまったので、いまだにその目的を遂げられずにいる。同じ過ちをするべきではない。君はすぐに本国に帰って、自分のするべき努力をしなさい――と。

彼は、故国に戻って、平壌に近い鎮南浦で二つの学校を開いて、後進の青年たちの教育に努めました。家計を再建しようと、平壌で炭鉱の採掘業を始めたものの、日本人の妨害が入って、大金をさらに失ったこともあるようです。父は、そのころすでに亡くなっていました。

そうした時期にあたる一九〇七年、いよいよ日本政府は韓国皇帝・高宗に退位を求め、韓国軍も解散させるに至りました。これらは、安重根たちからすれば、韓国統監である伊藤博文の責任において行われたことにほかなりません。ついに、ここに来て彼は、みずから抵抗運動に身を投じて、義兵、つまり、パルチザンになろうと決めたんです。

安重根は、豆満江を対岸に渡って、中国東北の間島地方に入りました。この地にもすでに日本軍は駐屯しています。彼は、転々と移動せざるを得なくなります。そこからロシア領に入って、朝鮮、中国との国境にも近いノヴォキエフスク、さらにウラジヴォストークへと至ります。当時、この港町には、四、五千人の朝鮮人がいたそうです。ここを拠点に彼は同志を募ります。シベリア方面の同志たちとも連携が取れ、ふたたび豆満江近くに兵器も持ち寄り、集結することができました。このとき、彼は義兵の参謀中将に任じられていて、兵力は三百人ほどだったようです。それだけの人員で豆満江を南へ渡って、朝鮮北部に入っていく。これが、一九〇八年六月です。

昼間は身を隠し、夜の闇にまぎれて行軍します。ここは自分たちの国なのに、もう、そうでもしないと、日本軍が朝鮮全土で厳重に警備していて、身動きが取れないんです。日本兵らと数回交戦し、互いに死傷者や捕虜が出ました。安重根は、捕虜にした日本の軍人や商人を相手に議論しています。

──あなたがたは、日本国の臣民だ。日露戦争のとき、天皇は、宣戦にあたって、「東洋の平和を保ち、大韓の独立を強固にする」と述べた。なのに、その日本人たちが、こんなふうに韓国に押し入って強盗みたいなことをするとは、天皇への逆賊みたいな働きをしていることにならないか？──

安重根は、そのように言っています。

つまり、彼はナショナリストです。そして、自分がそうであるだけでなく、それぞれのナショナリズムを重んじる人なんです。自分は韓国人として、愛郷心をまっとうする。あなたたちも、日本人として、互いのそれを尊重して、自分たちの誇れるナショナリズムをまっとうしてもらいたい、と。

日本人の捕虜たちは、いかにももっともと、涙を流して回心した、というんですね。安重根は、それを見て、あなたがたをただちに釈放する、と言い渡して、銃などの武器も返して、放免しています。ただちにこれを持って帰って、「東洋の平和」を実現せよ、と。

ただし、いまになって、当時の日露戦争開戦の詔勅──つまり、天皇の名による開戦の宣言を見ると、安重根による記憶とは微妙に違った表現になっているところに気がつきます。「大韓の独立」、これは正確にはちょっと違った表現で、「韓国の保全」と述べられているんです。保全とは、安全をたもつ、という意味です。韓国人である安重根にとっては、「韓国の保全」は、独立を意味していたでしょう。でも、天皇を代表に立てる日本から見れば、「韓国の保全」とは、むしろ、韓国における日本の権益の確保、という意味に受け取れます。

安重根がこのとき日本人の捕虜を放免したことについては、あとから、義兵たちのあいだでも問題になります。なぜ、せっかくの捕虜を釈放したのか、と。安重根は、これに対し、「万国公法によって捕虜を殺戮することはできず、後日釈放することになっている」と、答えています。つまり、彼は、戦時国際法としてのハーグ陸戦条約を知っています。これは、まだ当時としては形成途上の新しい理念です。日本軍では、ついにその後も、この理念は根づかなかった。しかし、こうした異論に、安重根は、「いま我らも同じように野蛮な行動を行なってもよいものであろうか」と、反論しています。また、状況を冷静に見きわめるべきであって、「現在は我らが劣勢、彼らが優勢であって、不利な戦闘はすべきではない」とも述べました。こうした安重根の言い分を承服できずに、部隊を去っていく同志たちもいました。

彼らは日本軍の攻撃を受けて、ちりぢりにされ、飢えと寒さに襲われます。そうしたなか、安重根は、アメリカ独立の父、ワシントンのことを考えています。――もしも、これで生き残って、事を成し遂げることができたなら、自分は必ずアメリカに渡って、ワシントンを追慕するようにしようと。

惨めな状態で転々としながら、豆満江を北に渡って、ロシア領へと逃げのびます。ここには、日本軍も入ってはこられないのです。

ロシア領内――ロシア、中国、朝鮮の三者の国境がきわどく接する、その近くに、さっきもちょっと言ったノヴォキエフスクという小さな町があります。このあたりでは、当時、住民は大半が朝鮮人なのです。ここまでたどり着いたときには、親しい仲間たちも彼だと気づかないほど、やせ細っていたのだそうです。

一九世紀後半のイギリスに、イザベラ・バードという女性旅行家がいました。安重根の時代より一〇年あまり前のことですが、彼女は、このあたりを旅行しています。当時二万人近くいたというロシア領の沿海州一帯の朝鮮人が、どんなふうに暮らしているかに関心があったというんです。

彼女が記すところでは、ノヴォキエフスクに暮らす民間人は、およそ千人。朝鮮人のほかに、中国人の住人もいたのだそうです。また、このあたりは国境に迫っているので、こうした民間人の住民人口とは別に、ポシエットという近くの町からノヴォキエフスクまでのあいだに、一万人ほどにも及ぶロシア軍の歩兵隊や砲兵隊が配置されていたということです。ポシエットは、ポシエット湾という入江に面する海辺の町です。彼女がそこから郵便馬車に便乗させてもらって、ノヴォキエフスクに向かうと、草の生えた丘陵地を越えて、だいたい二時間ほどの距離だったといいます。

つまり、ノヴォキエフスクは、このあたりの地域の中心をなす町になっていたようです。煉瓦と石造りの立派な商館などもある。軍の閲兵場や演習場も。ギリシア正教の大きな礼拝堂があり、朝鮮人の信者も通っている。中国人が営む商店も、四〇軒ばかりあったそうです。

このあたりは、一九世紀なかば過ぎに朝鮮人が入植してくるまで、ほとんど無人の土地だったのです。けれど、土地は肥沃で、そこを彼らは懸命に開墾し、いまでは豊かで美しい黒土の広大な畑になっている。ジャガイモや野菜、そして酪農。百キロほど離れたウラジヴォストークの町で消費される牛肉も、ほとんどがこのあたりの朝鮮人地区から供給される。ウラジヴォストークには、ポシエット湾から定期船で七時間ほど。そこに四、五千人の朝鮮人がいたのはさっき言った通りです。学校もいくつかあり、青年会なども組織されていたと、これは安重根自身が言っています。

安重根は、ノヴォキエフスクにしばらく滞在して体力を回復させてから、また、ウラジヴォストーク、さらにハバロフスク、そこからアムール川を汽船でさかのぼって、各地の朝鮮人を組織しようとしています。ですが、資金面で、彼自身、とても貧しい。これは、つらいことだったと思います。それぞれの町の朝鮮人たちは、彼を受け入れ、寝る場所を提供してくれたりはするけど、彼のように身を捨てて動くようなことはない。みな、それぞれ、自分たちの暮らしを立てることで忙しいんですから。

彼はまた国境地帯近くのノヴォキエフスクに戻ります。そして、そこに滞在するうち、突然、深い物狂おしさにとらえられたと、のちに獄中で記した自叙伝に書いています。原文は漢文なのですが、「心神憤鬱」、そう書いている。これは、日本語にはない表現です。どういう状態か。これを書くとき、彼はすでに伊藤博文暗殺を果たして捕らえられ、旅順の監獄で処刑も覚悟している身なのです。だから、ひょっとしたら、これ以上の仲間を巻き添えにしないように、わざとぼやかせているのかもしれない。けれども、おそらく、そうではないだろうと、僕は思います。彼は、実際に、自分でも抑えがたい物狂おしさと憂鬱にとらえられていたんでしょう。たぶん、安重根とは、そういう人間だったのだろうと思うんです。

そんな日々を過ごすうちに、彼には、自分でも理由がわからないまま、ウラジヴォストークに行きたい、そうするべきだ、という思いが湧いてくる。そこで、仲間たちにそのむねだけを伝えて、ポシエット湾からの週に一、二便の汽船で、その町に出ていく。これが一九〇九年九月です。そして、この町で、彼は伊藤博文がハルビンに来るらしいと知るんですね。

彼はピストルを携え、何人かの朝鮮人の助けを得ながら、ハルビンへと向かいます。

一〇月二六日朝。安重根は背広に外套を着込んで、ハンチングをかぶり、ハルビン駅に一人で座っています。おおぜいのロシアの将兵たちが、伊藤ら一行を乗せた列車が到着するのに向けて、警護の準備をしています。そこの茶店で、茶を買って、店のなかで二、三杯すすりながら待っていた、と彼は言っています。

午前九時、伊藤たちの特別列車がホームに滑りこみ、駅には人が溢れています。軍楽隊の演奏が始まっていました。

そのときになって、激しい怒りがこみ上げてきたと、彼は記しています。どうして、世の中は、これほど不公正なのか。隣国を強奪し、人命を損なっている者が、このように喜々としていて、弱い者たちは困らされてばかりいる。これでは、話にならない……。

憂鬱な安重根。ここにあるのは、降り積もっているような悲しみです。

大股でホームに進み出たところに、警護の兵士たちが並んでいる。その肩越しに、白い髭をたくわえた日本人の老人が見えた。ただちにピストルを抜き、発射した。少年のころから狩猟に夢中だったので、その腕前は確かでした。

取り押さえられるとき、彼は韓国万歳、それを、「コレヤ・ウラー」と、ロシア語で三回叫ぶ。この東清鉄道は、ロシアが経営する鉄道です。ですから、周囲の人びとに訴えようと、この言葉を選んでいたのかもしれません。

その人物が倒れるとき、随行者たちはどんな気持ちで見ていたか

一方、伊藤博文は、いったいどうして、このとき、はるばるハルビンまで出むいていたのでしょうか？　もう、このとき彼は六八歳で、当時としては相当な老人です。その上、韓国統監も、すでに辞していました。

当時も、これは誰もが不思議に思ったことで、にもかかわらず、その後も日本政府は、はっきり説明していません。

先ほど引いた夏目漱石の『門』のなかでも、それに触れるくだりがはさまれています。宗助の妻・お米が、この疑問を口にし、宗助とその弟・小六がそれぞれに答える場面です。

《「どうして、まあ殺されたんでしょう」とお米は号外を見たとき、宗助に聞いたと同じ事をまた小六に向って聞いた。

「短銃《ピストル》をポンポン連発したのが命中したんです」と小六は正直に答えた。

「だけどさ。どうして、まあ殺されたんでしょう」

小六は要領を得ないような顔をしている。宗助は落付いた調子で、

「やっぱり運命だなあ」と云って、茶碗の茶を旨《うま》そうに飲んだ。お米はこれでも納得が出来なかったと見えて、

「どうしてまた満洲などへ行ったんでしょう」と聞いた。

「本当にな」と宗助は腹が張って充分物足りた様子であった。

「何でも露西亜《ロシア》に秘密な用があったんだそうです」と小六が真面目な顔をして云った。お米は、

「そう。でも厭《いや》ねえ。殺されちゃ」と云った。》

こうしたお米の疑問を受け、先に引いたように夫の宗助は、「己《おれ》みたような腰弁は殺されちゃ厭《いや》だが、伊藤さんみたような人は、哈爾賓《ハルピン》へ行って殺される方がいいんだよ」と、混ぜっ返すわ

けです。

いや、でも、それで済むことではありません。

このとき日本の首相だった桂太郎でさえ、いったい伊藤がどういう用件でロシアの財務大臣ココフツォフと会おうとしたのか、はっきり知らなかった公算が高いんです。桂にとって、伊藤博文は、同郷の長州で六歳先輩にあたります。長州という最大級の地方勢力のなかで、この六歳の違いは大きいんです。つまり、伊藤らは、二〇代で自身が武士として幕末の動乱を切り開き、明治維新という近代革命を達成した、その第一世代にあたります。以来、明治期を通して、自分たちが青年から老人となるに至るまで、ずっと日本国中枢の政治にあたってきたわけです。この国家は、彼らにとって自分たちが建てた家のようなもので、次の世代に譲って立ち去るつもりはないらしい。だから、後継の桂たちには、いちいち相談せずに事を運んでしまうところがあったでしょう。このときも、どうやら、そうだったようです。

ただ、一人だけ、伊藤のハルビン行きに関して、核心に近い証言を残した官僚出身の政治家がいます。後藤新平という人物で、伊藤より一六歳年下ですが、日露戦争後に南満洲鉄道の初代総裁をつとめたこともあって、中国、ロシアとの関係に、広い見地を持っていました。当時、伊藤はまだ初代韓国統監でしたが、後藤は伊藤に、早くその地位を辞して、もっと自由な立場でヨーロッパをまわって、対中国を軸とする「東洋平和の根本策」を協議してくるようにと直言していました。この最初の密談は、一九〇七年秋、伊藤と、満鉄総裁の後藤とのあいだで、厳島という日本の景勝地でこっそりと落ちあって行なわれました。夏目漱石の親友・中村是公が、後藤新平に抜擢されて二代目の満鉄総裁に就くのは、その翌年になってのことです。

二年近く過ぎ、この一九〇九年の夏にかかると、話はずっと具体化してきます。今度は伊藤から、逓信大臣となった後藤に意見を求めています。

――韓国統監を辞めた。いよいよヨーロッパを巡って中国問題を協議してこようと思うが、どうか――と。

これに対して、後藤は、それよりも自分には一案があります、と答える。――ロシアのココフツォフと会談する気はありませんか？

自分が書簡を送ってハルビンに招けば、ココフツォフは極東に来るという約束ができています、と後藤は伊藤に言うんです。最初のうち半信半疑なんですが、後藤が仲立ちすることで、ハルビンでのココフツォフと伊藤の会談は実現する運びとなります。

韓国統監は、すでに実質的に日本の植民地と化していた朝鮮で、最高権力者の地位です。その職を辞し、身軽な立場で動こうとしたことなど、結果から見るなら、伊藤はおおむね後藤新平の提案を受け入れています。けれど、それによって、伊藤はハルビンで安重根に殺されます。後藤は、このことには大変な衝撃を受けました。

一九〇九年一〇月二六日、朝。安重根によって伊藤博文が射殺される現場に、漱石の親友、中村是公満鉄総裁もいました。ブローニングの七連発拳銃から安重根が放った最初の三発は、伊藤博文その人に致命傷を与えました。続けて放たれた三発は、随行する中村満鉄総裁の体をかすり、貴族院議員・室田義文の外套とズボンを貫通して左手指にすり傷を負わせ、川上俊彦総領事の腕と肩、森泰二郎宮内大臣秘書官の腕、および、田中清次郎満鉄理事の踵に当たり、それぞれ軽傷を与えました。猟人として鍛えた安重根の射撃の腕前は、最初の三発で正確に目標を射止めたあとは、故意に急所を外し、ちゃらんぽらんな弾道を選んで放たれたらしいことがわかります。

漱石の満洲滞在中、冗談を言って笑わせたり、すき焼をおごったりしたという田中清次郎満鉄理事は、伊藤博文と同じ長州の萩の生まれで、このとき三七歳でした。短銃を撃ち終えた当の男は、ほんの一瞬、凜とした姿で、その場にたたずむように彼には見えました。ロシアの兵士や警官たちが飛びかかると、この男は手に持つ拳銃を高く挙げ、なお一弾が銃身に残っていることをしぐさをまじえて彼らに注意したようでした。

田中清次郎は、後年、あなたがこれまでに出会った人で誰がいちばん偉いと思いますか、と問われたとき、言下に、「それは安重根である」と断言しています。ひと呼吸置いてから「残念ではあるが」と、さらにひと言、付け加えたそうなのですが。

おもしろいですね。

こんなふうに敵味方の区別を越えて物事を見る態度が、当時の日本人にはまだありました。伊藤博文の随行員だからといって、あるいは、自分がケガをしたからといって、被害者としての見方に片寄るわけではないんです。

同じく負傷した川上俊彦ハルビン総領事は、このとき四七歳でした。彼は、東京外国語学校のロシア語科で学んだころ、ドストエフスキー『罪と罰』を読んでの感想文に、「物を盗むは賊となり、国を盗む者は王となる」と書いたことがあるのだそうです。まだドストエフスキーの作品の最初の日本語訳が刊行されるよりずいぶん前、一八八〇年前後の話でしょう。

当時の東京外国語学校ロシア語科の授業は、ロシア人の先生が、ドストエフスキーとかゴンチャロフ、あるいはツルゲーネフの作品なんかを原語で、情熱を込め、朗読していく。生徒たちは、ひたすらそれを聴いてる。これが終わると感想文。もちろん、これもロシア語で書く。しかも、作品そのものについての批評ではなく、そこでの登場人物たちの性格に対する感想などが求められた。たぶん、ロシアの学校では、いまでもそうなんじゃないでしょうか？ つまり、これは本を読み、内容をつかんで、他者に伝える、そういった読書という行為そのものの訓練ですよね。ですから、川上俊彦の感想文に対する先生の評価も、「ハラショー」っていう、手放しの褒め言葉だったんだそうです。

このとき川上俊彦が習っていた先生は、アンドレイ・コレンコといって、こちらの地元、ペテルブルク農業大学に学んだ人だそうです。「人民のなかへ」、つまり、ナロードニキの運動に加わって、一時は、すぐそこのペトロパヴロフスク要塞の牢獄に囚われていました。一八四九年生まれといいますから、伊藤博文より八歳年下です。つまり、ロシアのナロードニキと日本の明治維新、この二つの革命運動は、ほとんど同時代のものなんです。コレンコ先生は、やがてウクライナに流刑され、そこから米国に脱出した。しばらくして日本に渡って、東京外国語学校で教えるようになったらしい。明治前半という時代には、こういう革命家たちが日本に入ってきて、日本人たちにロシア語を教えていたということです。

「国を盗む者は王となる」——これは、朝鮮人の目から見れば、まさに朝鮮国王を退位させて韓国統監に君臨した、伊藤博文の話でしょう。彼のような存在に対して自分はどうあるべきなのかという葛藤が、『罪と罰』のラスコーリニコフというテロリストもどきの青年をも生みだした。川上俊彦という随行者が、そんなことなどを思い浮かべていなかったはずはない。王の旅というのは、なかなか、おもしろいものですよね？

人殺し、やくざ者、仏教僧、密航者、日本語教師のヤマートフ

話をいったん、ここに戻しましょう。

みなさんも、ルィビン先生たちから聞いたことがおありかと思います。ここ、サンクトペテルブルク大学東洋学部の日本学科は、おそらく、世界で一番古くからの日本語教育施設の伝統を引いています。そして、そこからの縁がめぐりめぐって、いま僕がここでみなさんを前に話しているのだとも言えるでしょう。

江戸時代の日本という国は、いわゆる鎖国政策を取り、外の世界との外交関係を拒んでいました。むろん、例外はあります。オランダや清国とは、交易を保っていました。朝鮮とも、あまり表立たない程度には。

とはいえ、そうした国と国との交渉とは別に、漂流という事態は、いつだって起こります。漁船や商船が嵐に巻き込まれて、国の外へと漂流してしまう、これを押しとどめるすべはありません。日本という島国を取り巻く海のいたるところで、嵐は湧き起こっている。毎年、そうやって流されてしまう船は、かなりの数にのぼっていたはずです。多くはそのまま死んでしまう。ですが、なかには、どこか遠くの別の社会で生きのびて、故国の誰にも知られることなく、残りの人生を送ることになった人びともいたはずです。国家による公式の記録に、そういうことは残らないだけのことなのです。

けれども、たまたま記録されるめぐりあわせになった人たちもいます。

一七〇二年、モスクワ郊外でピョートル大帝と会見した伝兵衛という大坂生まれの男も、そうした漂流民の一人でした。彼は、大坂から江戸――いまの東京に向かう途中で大風に流され、七カ月漂ったのちに、北千島、つまりクリルの島々のひとつに流れ着いたんだそうです。カムチャツカ半島に渡って、そこで捕らわれ、二年ほどそうやって暮らしていたところを、探検中のコサックの守備隊長に見つけられたのでした。この守備隊長は、すぐれた観察者でもあったので、伝兵衛のことを注目すべき異国人と考えて、その身柄をモスクワに送りました。ピョートル大帝は、伝兵衛の賢く礼儀正しい人柄から、極東にある日本という国に興味を抱き、ただちに「日本語教育を始めよ」との勅令を出したと、そういうふうに聞いています。

ピョートル大帝は、この年、三〇歳になるところです。スウェーデンとの大戦争の最中にもかかわらず、というより、むしろそれゆえなのか、未知の一人の東洋人から、シベリアのさらに彼方にある島国への関心を掻きたてるところに、このピョートル一世という人間を占めていた活気を感じます。彼は、オランダで船大工になって働いたこともあるくらいですから、きっと、それまでに日本という国の噂も、いくらか聞き知っていたでしょう。だからこそ、日本語学校をつくって、ロシアの極東政策に役立てようと、すぐにぴんと来る。そこで、伝兵衛には三年間ほどロシア語の教育が施され、一七〇五年、彼を日本語教師役にして、ここペテルブルクで下士官の通訳を養成するための日本語学校が開かれたんだそうです。ペテルブルクという人工都市の建設に、ピョートル一世が着手するのが一七〇三年ですから、まだ作りはじめたばかりの町のなかに、この学校を置いたわけですね。

続いて一七二九年、カムチャツカ半島に漂着した少年ゴンザと商人ソウザも、身柄をペテルブルクまで送られ、アンナ・ヨアノヴナ女帝と会見します。彼らは、科学アカデミーの日本語学校に身柄を預けられ、ロシア語を学びながら、ロシア人の子弟に日本語を教えたそうです。若いゴンザはことに聡明で、彼を情報提供者《インフォーマント》として、最初のスラヴ語-日本語の辞書が作られています。そこで用いられている日本語の特徴から、彼が日本列島の最南部、薩摩半島あたりの出身だったと推測することができるそうです。

さきほど、この教室に来る前に、僕は、近くにあるクンストカーメラに立ち寄りました。いまの正式名称は、人類学・民族誌博物館っていうんだそうですね。ゴンザとソウザの蠟《ろう》で作られた頭像が、あそこに保管されていると聞いていたので、それを見ておきたいと思ってたんです。あらかじめ連絡しておくと、ソコロフさんという東アジア部門の専門研究員が、二つの頭像を準備して待っていてくれました。写真で見覚えのある、あの気味悪いほど生き生きとした出来栄えの標本です。ただし、ソコロフさんは、片目をしかめて、気の毒そうに、英語でこんなふうにおっしゃいました。

「じつは、これは、ゴンザとソウザではありません」

って。それは、こういうことらしいんです。

「――クンストカーメラは、一七四七年に、一度、火事で焼けています。そのさいに、民族誌的資料の収集品は、ほとんどが失われてしまったんです。おそらく、ゴンザとソウザ、そして、それ以前の伝兵衛のものについても」

そして、ゴンザとソウザのものだと思われてきた、この二つの頭像は、実際には一八八〇年ごろ、ロシアの人類学者がさまざまな民族ごとの頭部標本を作らせた時期のものだろう、ということでした。現在のクンストカーメラの見解としては、「ゴンザ像」とされてきたものは中国の漢民族、「ソウザ像」のほうはアムール地方の北方少数民族の標本だろうという見方に立っている、と。そう言われると、そういうふうにも見えてきます。たしかに、その時期、シベリア方面に流刑された若い知識人たちによって、そうした地域をフィールドにする人類学や考古学がものすごく発展してますよね。

クンストカーメラという言葉は、露日辞典で引くと、もともと、ピョートル大帝がこの施設を作ったときの狙いどおりに「珍品陳列所」、それくらいの意味だと出てきます。いろいろグロテスクな展示が多くてうんざりもさせられるんですが、身長二メートル以上ありそうなピョートル大帝のボディガードの男が、そのまま骨格標本にされてしまっているのには、思わず笑ってしまいました。この男性は、ちゃんと寿命をまっとうさせてもらえたんでしょうか？　世界の全部を知りたい欲望を、具体的なものに置き換えていくと、たしかに、こういうものになるほかないかもしれませんね。

そうした時期を経て、このペテルブルク大学で日本語の授業が行なわれるようになったのが、一八七〇年。日本で言えば、明治三年。そのとき、教師となったのは橘耕斎、幕末に日本の下田からロシアに密航した人です。もとは武士だったのが、あるとき人を殺して、やくざ者になったり、仏教の坊さんになったりしながら、身を潜めていた。下田に近い戸田《へだ》村の寺にいるとき、ちょうど日露和親条約に向けた交渉で下田に来ていたプチャーチン一行が大地震と津波で船を失う。プチャーチンらは、戸田で船を再建することになったので、そのあいだに、自分もロシアに連れていってくれるよう渡りをつけたらしい。そんなふうにして、幕末のうちに、日本からロシアへ脱出してきた人なんです。

　やがて、一八七三年、つまり明治六年に、日本の政府首脳らの大使節団一行がペテルブルクに来たことがありました。リーダー格の人物の名をとって、日本では「岩倉使節団」と呼んでいます。彼らは二年近くかけて、米国とヨーロッパ諸国を勉強してまわるんです。視察ですね。日本という国を、これから、どうやって作っていけばいいだろうかと。その一行をペテルブルクに迎えるにあたって、橘耕斎は、心を尽くして裏方として働いた。そういう人物がいるというのは、前から噂としてはわかっていた。幕末に遣欧使節の一員として福沢諭吉がペテルブルクに来たときにも、彼についての噂を聞いています。噂だけではなくて、実際にいろいろと心配りを受けている。ただ、橘耕斎は、彼らの前に姿を現わしません。まだ日本側に捕らえられて罰せられることを怖れていたのでしょう。当時、彼は、「ヤマートフ」というロシア風の名字を名乗っていました。「大和」の「夫」、つまり、日本男子という意味の漢字をあてるつもりだったのかもしれません。でも、こうして岩倉使節団がペテルブルクに来たことで、彼は、日本に一八年ぶりで戻るんです。

　こうやってペテルブルクを訪ねた岩倉使節団の一行のなかには、まだ三〇を過ぎたばかりの若き伊藤博文もいました。というより、彼は四人の副使のなかのひとりで、実質的にナンバー2です。そのなかで彼だけが、すでにイギリス留学と米国出張を経験しています。ですから、ほかの年長者らも、くやしいけれど、彼の英会話や知識に頼るしかない。伊藤は俊英の勉強家である一方、英語でスピーチできるのをひけらかすようなところもあり、気むずかしい先輩たちからは、軽薄な若輩ものだと、やっかみ半分で見られていました。

橘耕斎のあと、ここの大学で日本語を教えたのは、西徳二郎、それを引き継ぐのが安藤謙介。ともにペテルブルクの日本公使館勤務の外交官です。

そのあと、ここで日本語教師になったのが、黒野義文。明治初期に新設された東京外国語学校ロシア語科の第一期卒業生です。

安藤謙介もそうなんですけど、黒野義文の場合も、東京外国語学校が開設される前には、正教の宣教師ニコライが東京の駿河台につくったロシア語学校で学んでいました。

やがて、黒野はウラジヴォストークに渡り、さらに、シベリアを半年がかりでひとりで歩いて横断して、ペテルブルクまで来たといいます。およそ九千キロ、ユーラシア大陸を歩いて横切ったっていうことですよね。彼は、そのあと、一八八八年から一九一六年まで、三〇年近くもこの学校で日本語を教えています。

サンクトペテルブルクのエリセーエフ商会は閉まっている

きのう、僕は一日中、このサンクトペテルブルクの街を歩きまわりました。

朝一番に、二百年近く前のいまごろの季節にデカブリストたちが集結したという広場を横切り、エルミタージュに出むきました。プーシキンが決闘前に立ち寄ったという喫茶店で、昼食のボルシチを食べました。ネフスキー大通りを歩いて、エリセーエフ商会の立派な建物を外から覗いてみたけど、休業中の様子でした。あの店は、ドストエフスキーの小説などにも、よく出てきますよね。シャンパンだの蜂蜜酒だの高級食料品が並んでいる店として。詩人アンナ・アフマートヴァが暮らした噴水館のアパルトマンは、そこから少し裏手にまわった運河沿いに見つけることができました。

ここの街では、僕はすっかりお上りさんでした。日本では、古びた言いまわしですが、田舎から都会見物に出てきた観光客、という意味で、そう言います。気恥ずかしいなと思いながらも、まわってみずにはおれませんでした。サンクトペテルブルクに来るなんて、僕の一生で、これが最初で最後になるかもしれませんから。

ネフスキー大通りのエリセーエフ商会の次男坊、セルゲイ・エリセーエフは、日本に留学して東京帝国大学で日本文学を勉強しながら、夏目漱石の家に出入りすることを許されるようになります。つまり、彼は、日本の大学でいちばん早い時期の海外からの留学生です。そして、漱石の一種の弟子になったと言ってもいいのでしょう。漱石自身が、少し前まで、その大学で教えていました。だけど、そういう暮らしの立て方がいやになり、また、家族を養うためのお金がもっと必要なことなどもあり、大学教師を辞めて、朝日新聞の社員になることに決めたんです。

エリセーエフが漱石の家を最初に訪ねるのは、おそらく一九〇九年六月下旬。安重根がハルビンで伊藤博文を狙撃する、それより四カ月ほど前のことです。

漱石は、エリセーエフが気に入ったようです。やがては、自分が責任者となって始める「朝日新聞」の文芸欄に、同時代のロシア文学の紹介記事を書かせたりもします。まだ二〇歳の学生なのですが、エリセーエフは言語習得に優れていて、これは彼にとって自分の日本語を訓練する上でも絶好の機会だったでしょう。歌舞伎が大好きで、また、寄席——落語の演芸場です——にもしきりに通っていたらしい。下町風のこうした暮らしは、漱石と互いに通じるところがあったと思います。なおかつ、あのエリセーエフ商会の息子ですから、留学中の暮らしの資金にも、彼は困らずにすんでいた。

故郷のペテルブルクでは、すでに一九〇五年の議会政治樹立の革命が起こっています。裕福な階層の一員でありながらも、エリセーエフは、こうした母国の変化にはおおむね肯定的でした。エリセーエフは、故国が皇帝による専制国家であるのがよいとは思っていなかった。むしろ、裕福なブルジョワの子弟としての負い目もあり、知識層の若者らしい急進的な心情に近いものを抱いていたようです。だけど、日本で留学生活を送るうちに、彼の目下の関心は、故国の政治状況よりも、目の前にある異国社会へと移っていきます。漱石のなかにも、政治の議論などより、毎日の銭湯通いを楽しんでいたいという町っ子かたぎのようなものがあって、それはエリセーエフと波長の合うものだったでしょう。

東京での留学生活を終え、エリセーエフが故国に帰ってきたときには、第一次世界大戦が始まって、この街は「ペトログラード」と名前を変えていました。つまり、いまやドイツは敵国で「ペテルブルク」というドイツ語風の呼び名を嫌って、こういう呼び名に変えたんでしょう? ここの大学も、そのときには「ペトログラード大学」ですよね。

エリセーエフは、それから、この大学の日本学科で、現代日本語と日本文学を教えます。彼と入れ替わるように退任する黒野義文は、さすがに二八年間も異国で日本語を教えつづけていると、教授法も、日本語も、すっかり旧時代のものになってしまっていました。黒野から習った日本語が、日本では通じなかった、という話もあるようです。つまり、彼がロシアで教えつづけていた日本語は、江戸時代のおもかげをとどめる言葉だったんでしょう。黒野は、そのまま一九一七年、ロシアで社会主義革命が起こる年にペトログラードで亡くなります。エリセーエフは、そんな黒野に代わって、大正の日本を知る新しい講師として、同時代の日本語と文学を教えだしたんです。日本文学のテキストには、夏目漱石の『門』が使われたのだそうです。

ただし、それからさらに二〇年ほどを経て、エリセーエフが米国のハーヴァード大学で教えるようになったときには、その日本語も教授法もすっかり時代遅れだとして、後進の日本研究者、エドウィン・ライシャワーらから軽んじられました。どうしたって、新しいままでありつづけるわけにはいきません。

いや、難民や漂流民、亡命者の言葉だけが、ひとつの社会に対して、つねに制度からはみ出し、新しいものとして立ち現われてくるということなのかもしれません。

『それから』の幸徳秋水をめぐって、この作家が話すこと

振り返って、一九〇九年六月終わり近くから、夏目漱石は、「朝日新聞」に『それから』を連載しはじめます。ちょうど、エリセーエフが初めて漱石を訪ねたと思える時期です。

この作品は、『門』に先だつ、恋愛小説です。友人の妻となった女性に、恋をする。というか、彼女の結婚前から恋をしていて、その後もあきらめられずにいる。いずれ彼らは決意して、妻である女性は婚家を出ることになりそうです。それからの暮らしを描くのが『門』でしょう。ですから、『それから』の主人公たち男女には、まだすべてが未来に属する者として、一種の華やぎがともないます。

『それから』の連載の第七八回、九月なかばの「朝日新聞」紙上で、同時代の実在の人物、急進的な社会運動家・幸徳秋水の動静が、いきなり語られる場面があります。主人公の代助が、記者として勤めはじめた旧友の平岡を新聞社に訪ねる場面です。この平岡こそ、代助の思いをかける女性・三千代の夫でもあるのですが。

《平岡はそれから、幸徳秋水と云ふ社会主義の人を、政府がどんなに恐れているかと云ふ事を話した。》

幸徳秋水は、この年で三八歳。漱石の四歳年下にあたります。幸徳は高名なジャーナリストでもありました。日露戦争前夜に戦争反対をとなえ、社会主義・人道主義の仲間を幅広くつのって週刊「平民新聞」を刊行し、日本の世論の大勢に抗して、戦争中もその主張をつらぬきました。やがて獄中でクロポトキンの著作を知って無政府主義の姿勢を強め、苛烈な言論弾圧のもと、執筆・出版の手だても奪われた状態で過ごす現状が、ここで語られているのでした。

《――幸徳秋水の家の前と後《うしろ》に巡査が二、三人ずつ昼夜張番をしている。一時は天幕《テント》を張って、その中から覗《ねら》っていた。秋水が外出すると、巡査が後《あと》を付ける。万一見失いでもしようものなら非常な事件になる。今本郷に現われた、今神田へ来たと、それからそれへと電話が掛って東京市中大騒ぎである。新宿警察署では秋水一人のために月々百円使っている。……》

このくだりは、朝日新聞記者で、幸徳の友人でもあり、かつては「平民新聞」への寄稿者でもあった杉村楚人冠という人物が、この年五月終わりか六月初めごろ、幸徳秋水宅を訪ねた折の見聞を材料にして書かれています。つまり、杉村は、その探訪をもとに「幸徳秋水を襲う」という記事を同年六月上旬の「朝日新聞」紙上に上・下二回で載せており、同僚の漱石が、その記事を素材として取り入れて、『それから』のこのくだりを書いたのです。

幸徳は、いまにもテロを企てそうな人物とみなされて、これほどの警備が絶えず彼の周囲に張りついています。安重根による伊藤博文狙撃に数カ月先だつ、これが日本国内の東京での状況でした。もちろん、これ以後も、同じ時期の東京で、エリセーエフは漱石の家を訪ねたり、歌舞伎の芝居小屋や寄席などにせっせと出入りするのですが。

具体的な状況を考えてみましょう。この時期、幸徳秋水は、東京の千駄ヶ谷――いまの新宿駅南口から線路の西側づたいに代々木駅方面にしばらく歩いたあたりの借家に、「平民社」という表札を掲げ、このときの伴侶である管野須賀子と暮らしています。下女をひとり置いていますが、これは親戚筋などから頼んだ人で、賃金はほとんど支払っていないはずです。支払えるはずもないのです。「平民社」というのは、もともとは、仲間たちと起こした「平民新聞」刊行のための版元の名前です。けれど、それから五年半が過ぎたこの時期には、たび重なる発売禁止処分や罰金、仲間たちの逮捕、入獄などなどで、とうに「平民新聞」は発行できなくなっています。ですから、屋号だけでも守る形で、幸徳は東京で自宅を構えるたびに、この「平民社」という表札を掛けています。つまり、いまでは「平民社」といえば、幸徳の東京での自宅のことなのです。

しかしながら、幸徳がこれほどまでに孤立していることについては、もう一つ、理由があります。それは、伴侶の管野須賀子との男女関係をめぐるスキャンダルです。管野は、幸徳より一〇歳年下で、満二八歳になろうとしています。彼女には、もともと、荒畑寒村という夫がいて、彼も急進的な社会主義運動の仲間でした。この荒畑は、管野より六つ年下です。

ただし、このとき荒畑は、前年の一九〇八年に起こった「赤旗事件」という社会主義者の大量逮捕によって、監獄に入れられています。管野もそのとき同じく捕まったのですが、裁判で無罪判決が下って、釈放されました。一方、幸徳は、「赤旗事件」のとき、東京を不在にしていて、逮捕を免れたのでした。

彼は、結核菌に腸を冒されて、その具合が悪かったんです。だから、療養にあたるため、当時の自分の妻――管野須賀子とは別の女性です――といっしょに故郷の土佐に引き籠もって、クロポトキンの『麵麭《パン》の略取』の翻訳に専念しようとしていました。ちょうど、そういう時期だったんです。だから、たまたま、このときは逮捕を免れた。ですが、主だつ仲間たちは、すでに牢屋に入れられている者以外は、ほとんどがこの事件で捕らえられてしまったんです。

ところが、運命というのは、皮肉そのものです。このあと、「大逆事件」という、さらにおそろしく大がかりな社会主義者、無政府主義者への迫害事件が起きますが、その事件が起こったとき、また獄中にいる者だけが命拾いする。外の社会にいた者は、多くが処刑されます。監獄こそが、このときはノアの箱舟だったんです。でも、何が箱舟になるかは、誰にも予測をつけられない。

ちょっと話を戻しましょう。

管野須賀子と荒畑寒村の夫婦関係は、当時言うところの「自由結婚」でした。つまり、国への届け出はしていません。ですから、記録の上では、これの痕跡はたどりにくい。ただ、二人の関係は、「赤旗事件」よりも前から、実際には破綻していたらしいのです。当人たちの記憶においても、そうなのです。

二人の結婚の「公表」から、「赤旗事件」まで、たかだか一年半ほどのことでした。しかも、それだけのあいだにも、二人の行動をたどると、いっしょに暮らした時期は、離れて過ごした時間より、ずっと短いようにも見えるのです。荒畑は、まだ若く、十分に稼ぐこともできないまま、取り組んでおきたい社会運動や仲間づきあいがいろいろありました。一方、管野のほうは、体調を崩しがちながら、新聞の婦人記者という当時は珍しい職を持っていました。そして、病身の妹を抱えてもいて、まもなく、その妹は亡くなってしまいます。

社会運動家として、荒畑寒村は、非常に早熟な若者でした。けれども、市井の生活者として見るなら、管野と荒畑のあいだには、六歳の年齢差通りに、大きな実力差があったようです。実際、結婚前から、二人のあいだでは、荒畑が管野のことを「姉ちゃん」と呼び、管野が荒畑のことを「かつ坊」と呼ぶ、という関係です。――この呼び名は、寒村の本名、勝三というファーストネームによっていました。

二人が紀州の「牟婁《むろ》新報」で互いに記者として知り合ったとき、管野は満二四歳で、荒畑は満一八歳でした。このときから、二人の関係のありかたは、ずっと変わらないまま続いたようにも思えます。つまり、結婚後も、なかば以上は姉と弟みたいなものだったかもしれないんです。こんなこと、そう簡単に変わるわけではないですよね？

管野須賀子は、「赤旗事件」が起こる前に、すでにこうした二人の結婚は解消していたのだと言っています。

一九〇八年六月、「赤旗事件」は、刑期を終えて釈放されてきた同志の歓迎会のあとで起きました。荒畑や、その兄貴分の大杉栄ら、急進派の若手たちが、歓迎会の盛り上がりに乗じて赤旗を掲げたまま東京・神田の街頭に出ようとしたところを、警戒にあたっていた警察側が一気に検挙していったんです。管野は、その現場には居合わせていませんでした。でも、荒畑たちが捕まったとの知らせを聞き、彼との面会を求めて警察署に出むいたところを、巡査によって捕らえられてしまうんです。のちの裁判で、彼女は無罪になって、放免されます。けれど、荒畑は、懲役一年半と罰金の判決が下って、千葉監獄へと送られます。

こうやって判決が確定すると、親族しか受刑者との面会や書信の往来ができなくなります。管野は、荒畑が気の毒に思えたらしく、その後も、差し入れを続けています。監獄の身分帳に、荒畑が管野のことを「内縁の妻」と書き込んだので、それができたんです。管野もそれを受け入れていたということなんでしょう。

ここには微妙な問題が生じます。というのは、こういうとき、人は誰でも、自分に都合のよい解釈をそこに混ぜ込んでしまうものだからです。荒畑の場合は、のちに自伝のなかで、こうやって管野が差し入れを続けてくれたことで、自分たち二人の関係は「この事件が起って以来ヨリの戻った形」になった、と述べています。

つまり、この逮捕前に二人は別居していたにせよ、下獄後は彼女が「妻」としての助けを続けてくれた。これを荒畑は、夫婦関係の回復と受け取っているのです。ともかくも、若い彼は、それを支えとして、獄中生活に耐えたわけです。むろん、その心理自体は責められません。

一方、管野のほうの行動がきちんと理にかなっていたかというと、これはこれで、そうも言いきれそうにはありません。

千葉監獄には、赤旗事件で捕らえられた仲間が、年長の堺利彦を筆頭に、大杉栄や荒畑を含め、九人、送られてきています。そして獄外にいる幸徳と管野のあいだに男女関係が生じたらしいということは、面会者たちを通じて、すでに堺や大杉の耳には入っていたらしいのです。けれど、彼らは、それが若い荒畑にどんな衝撃を与えるかを考え、気がかりなまま、教えずにいたんでしょう。

だが、それは同志たちのなかでも、古株の中心的な顔ぶれのあいだだけのことです。獄外で彼らを応援している若い仲間らでは、まだ荒畑と管野が夫婦なのだと信じている者たちが大半なのです。ですから、彼らには、管野と幸徳のあいだに新しく生じた男女関係を知るにつけ、それが、獄中の荒畑に対する二人の裏切りと映るのは、無理もありません。いや、無理はないのですが、そもそも、色恋というもの自体が、正気の沙汰ではないのですから、どうにもしようがないのですけれど。

けれども、まあ、こうなっては、もう手遅れです。幸徳と管野の周囲から、若い同志らは憤って次つぎと去っていきました。ですから、いまや、ここ「平民社」に残っているのは、ほとんど彼ら二人だけなのです。おまけに、手ひどい出版弾圧と、巡査や刑事による監視は、いまなお彼らに対して続きます。これを潮どきとして、運動から身を引いていった者もいたはずです。にもかかわらず、そうした現場に、朝日新聞記者の杉村楚人冠は、幸徳の旧友であることも隠さず訪ねていったのだから、なかなかの度胸と友愛の持ち主です。

先に挙げた、杉村楚人冠「幸徳秋水を襲う」という記事で、彼は書いています。……ちょっと、わかりにくいところもあると思いますが、読んでみます。ちなみに、ここで、「八《や》幡《わた》知らずのような町々」と言っているのは、迷路みたいに入り組んだ町、というくらいの意味でしょう。


《九人の同志ことごとく獄に下って、己れ独り孤塁に拠った無政府主義の大将幸徳秋水君を試みに平民社に訪《と》う。千駄ヶ谷九百三番地と聞いたばかりで八幡知らずのような町々を尋ね廻ってやっとその家を探し当《あて》ると幸いに自宅にいたことは居たが、大将、座敷の真中へ床を取って寝ている。また例の病気が悪いのかと問えば、いや、このほど中二日ほど徹夜して「自由思想」の原稿を書いたので、今しも楽寝の最中だという。徹夜してまで書いたものが出るとそのまま発売禁止を食ったとは気の毒な。枕許には薬瓶が相変らず列《なら》んでいる。しかし病気は大分固まって今は格別の苦痛もない。薬は紀州新宮の同志、大石禄亭《ろくてい》君から貰って飲んでるのだという。いくら共産主義だとて、こいつはまた思い切って遠方の医者に掛ったものだ。千駄ヶ谷から新宮まで短く積って二百里はある。》

「自由思想」というのは、この時期、幸徳が管野とともに発行しようとした雑誌です。といっても、たった四ページのタブロイド判にすぎません。これにも、当時の出版弾圧の激しさがうかがわれます。にもかかわらず、この少部数のささやかな出版物に、幸徳は、いまの自分にできるすべてを注ごうとしたわけです。

これまで自分たちが出してきた新聞、出版物が重ねて発行禁止、廃刊に追い込まれ、資金にも窮して、せめて、これくらいは月に二回ほどのペースで出せないか、と考えた。けれど、それさえも、できあがったとたんに発売禁止にされてしまう。――そんなありさまのところに、友人の新聞記者、杉村楚人冠が訪ねてきたわけです。

なお、ここに出てくる大石禄亭は、本名が大石誠之助。北米に渡って、現地で働きながら医師となり、やがて、故郷の紀州・新宮という小さな町に戻って医院を開いた人物です。彼のことは、あとでまたお話しすることになりますから、覚えていてください。

幸徳が管野と暮らす、この千駄ヶ谷の「平民社」は、こぢんまりとした平屋の木造の家です。けれど、この記事中に、管野の姿は出てきません。外出中だったのかもしれない。でも、記者である杉村が、あえて彼女のことには触れずに書いたのかもしれません。それについては、追い追い、またお話しすることになるでしょう。

《――僕の顔を見るなり、秋水君、ずかずかと起きて僕を玄関口まで連れて行く。おい、ちょっと、あれを見てくれと指さす所を見れば、街道を隔てたこの家の前の畠の中に天幕《テント》が立って、紅白だんだらの幕が下っている。これが巡査の詰所で、ここで秋水君の一挙一動、来訪者の誰彼ことごとく見張られているのである。何でも始めの頃は野天《のてん》で立番していたものだが、夜中や雨の折が困ると思ってか、近頃この天幕が出来た。巡査は昼夜の別なく四人掛りの見張通しで、そのうち二人はこの天幕に、後《あと》の二人は家の後《うしろ》の原の中へ蓙《ござ》を敷て張番しているとのことだ。この巡査の手不足な折柄に一幸徳秋水の為に四人の巡査が掛り切とはあまりとしても贅沢すぎる。しかし泥坊の用心には宜《よ》かろうと言えば、秋水君呵々《からから》と笑って、いやそれが泥坊の用心にもならぬから可笑《おか》しい。四、五日前にも牛乳を一本盗まれたし、その前にも内の下女が夜深けに使《つかい》に出る途中、巡査と自称する曲者《くせもの》に追っかけられていやらしい話をしかけられたことがあるという。》

警察官たちが、この家の前にテントを張って、ここに出入りする人間たちを見張ってるんですね。

天皇が皇居から外出する日などには、この街にいる社会主義者と目されている人物、その一人ひとりに巡査が一人か二人ずつ、ぴったりと監視に張りつく。

「皇室に危害を加える恐れがあるとでも思っているのだろうが、誰がそんな馬鹿な真似をするもんか」

と、幸徳は笑う。

……こういう記事を、漱石は、連載中の自分の小説『それから』に取り込んでいるわけです。

こうやって見てくると、杉村楚人冠は、管野須賀子という女性の影を、やはり、あえて記事中には書かないようにしたんじゃないかという気がしてきます。杉村と管野は、少なくともこれより三年前には、幸徳を介することなく、互いに記者として知り合っている間柄です。にもかかわらず、新聞ダネとして世間の耳目を集めやすい彼女に関する話題にいっさい触れていないことに、かえって、杉村という記者の意志のありかが感じられます。やはり、これ以上スキャンダラスな視線を浴びせられることから、多少とも、彼女と幸徳を擁護したいという意識が働いていたんじゃないでしょうか。

つまり、この記事で杉村が読者の注意を向けようとしたのは、社会主義者の出版活動への弾圧という問題であって、男女のゴシップではないということです。

それから、杉村が、あえて、その場にいた管野須賀子のことに記事中で触れなかったとするなら、もうひとつ、考えられる理由はある。それは、もしもここに管野がいたとすれば、そのとき彼女は何を話しただろうか、ということとつながってきます。つまり、彼女にとって記者である杉村は旧知の人で、その上、彼は「平民新聞」にも寄稿してきた、ある種の同志です。杉村は、そのことを外に向けても隠していませんでした。

管野須賀子は、明治期の女性としては非常に珍しく、自分の考えを隠さずはっきりと述べることができる人間でした。いや、述べすぎた、と言ったほうがよいくらいです。ですから、杉村楚人冠が訪ねてきたとき、仮に、管野がその場に居合わせたのだったとすれば、そのときは彼女が、目下の状況についての自分の考えを述べなかったとは考えにくい。そして、それは、杉村が新聞に書くわけにはいかないものだったという可能性があると、僕は思います。

ともあれ、杉村による「幸徳秋水を襲う」の記事の文面は、ここから、過去一〇年ばかりをさかのぼり、日本の社会主義運動の芽ばえから現在に至る流れ、そして、この思潮の社会民主主義《ソーシャルデモクラシー》派と無政府共産主義《アナーキストコミュニズム》派への分岐、さらには、言論弾圧のなかでの現在の幸徳の立場まで、手短に要領よく説明していきます。

議論もした。

《が、しかし僕は今それをいちいちここに書いて朝日新聞社の前に天幕を立てられるのを待つ勇気はない。》

やがて、昼が過ぎる。幸徳は杉村に、ここで飯を食っていけ、と勧めます。杉村は遠慮なくそれを受けていますが、そこでも管野が昼食の席にいたかどうかには触れられていません。……その最後のくだり。

《――いざ帰ろうとすると、秋水君、停車場《ステーション》まで送ってやろうという。すなわち連れ立って今度は裏の木戸から出る。木戸の外に、なるほど蓆《むしろ》が一枚敷いてある。巡査の張番する所だ。ちょうどその時、食事にでも行ったと覚えて誰れも居らぬ。今の間にそっと出てやろうじゃないかと囁きながら五、六間行き過ぎると「オイだめだ、来た来た」と秋水君が笑う。ふり顧《かえ》れば如何にも麦稈《むぎわら》帽子を被った一人の男が宙を飛んで駈けて来る。僕等は委細構わず新宿の方へ一、二丁も歩いた後、また後《あと》をふり向くと、これはしたり、いつの間にか追駈て来た男が二人になっている。電車に乗ろうとする処で初めて一人の男が惴々《おずおず》と僕に近づいて「お名前は」と来た。僕よりもまず、君の名乗《なのり》をこそと言えば、懐《ふところ》かい探って手帳を見せる。新宿警察署巡査海老沢何某《なにがし》と書いてある。「確《たし》かな人だよ」と幸徳君が言葉を添える。どちらが調べられてるのだか分らなくなってしまった。》

ここにあるような都会的な軽みのある語り口、それは、杉村楚人冠と漱石の文章のあいだに共通するところでしょう。

自身の主義とか主張というものに固まっていかないいんですね。むしろ、それも含めて、茶化して見せる。落語の語り口に似ています。エリセーエフも、日本で暮らしたときには、寄席という演芸場で語られる、こうした落語のユーモラスな語り口に興味を抱いたのでした。それは、いくらか、自分たちに向けるシニシズムも含んでいます。とはいえ、ロシアのアネクドートほど踏んばりの強いものでもありません。

落語の世界の主人公は、いつでも、都会のなかの庶民たちです。つまり、そこで交わされている言葉のあり方こそが、エリセーエフの流暢な日本語の話し言葉の源になっています。日本語の表現は、フォーマルな書き言葉と、日常的な話し言葉――この二つのあり方に使い分けられ、また、引き裂かれながら、明治という近代社会まで続いてきました。

三遊亭円朝という幕末から明治にかけての落語の名人がいました。その人の語り口を、速記術という近代の技術でとらえることで、はじめて、活字のなかの世界に話し言葉が現われたんです。それが、日本のロシア文学者、二葉亭四迷らがつくったといわれる「言文一致体」の、その土台になっています。

その人物たちは、銘仙を着ていた

ちょっと角度を変えて、考えてみましょう。

夏目漱石『それから』の時代を、服飾から見たいんです。この小説は、一九〇九年、つまり明治四二年の五月三一日に書き起こされ、八月一四日に書き終えられたことが、漱石の日記からわかります。小説の舞台も、ほぼ同時期、春から夏にかかっていく温暖な季節の東京です。作中、登場人物たちの着ているものが、具体的に描かれている場面がいくつかあります。

序盤、「新芽若葉の初期」の季節です。主人公の代助は、友人である平岡夫妻の新居に出むいていくとき、「鳥打帽を被《かむ》って、銘仙の不断着《ふだんぎ》のまま」門を出ます。

鳥打ち帽というのは、この年、安重根が伊藤博文を狙撃するときにもかぶっていたハンチングのことです。明治なかばあたりから流行して、このころは青年男子の一般的な身だしなみというところでしょう。安重根の場合は、背広に外套、ハンチング、という西洋風のいでたちです。しかし、ここでの代助は、銘仙という普段着の和服に、ハンチングをかぶる。つまり、日本では、帽子をかぶるという行為自体が、明治初めの「文明開化」に伴い、西洋風の新しい風俗として入ってきたものなんです。ですから、ここで代助が、和服姿で「鳥打帽」をかぶるのも、明治期末の都市風俗のなかに生きる青年であることの表れです。植民地人の知識層青年である安重根のほうが、いやおうなく民族服を脱ぎすて、さらに西洋化が進んだ装いをしているのだ、とも言えるでしょう。大正期、一九二三年の関東大震災のころまで、こうした和洋ないまぜの着こなしは続きます。

銘仙という着物は、絹、つまり、生糸を素材とした先染めの平織物です。こう言うとわかりにくいんですが、要するに、着物としては量産品です。安価に作れる素材だからこそ、多様なデザインが楽しめる。ただし、それほど長持ちする織物ではない。つまり、上等な和服のように、親から子へ、二代、三代と引き継いでいくようなものではありません。自分一代で着つぶしてしまう、個人消費のための着物です。でも、だからこそ、着る人の個性を強く反映するモダンデザインの着物が、この素材でこそ発展していく。その点だけで言うなら、いまだと、Tシャツに近いとも言えるでしょうか。安くて、着る人ごとの好みとメッセージが、はっきりと反映される。ことに若い女性むきには、大正から昭和にわたって、銘仙の着物が爆発的に流行していきます。『それから』は明治末に書かれますから、まだ、そういう流行のはしりの時期ですね。ここで代助が着るような男物は落ちついた柄ではあるでしょうが、ハンチングに銘仙、そういう都会の青年らしい着こなしをしているわけです。

このあと、友人の平岡のほうから、代助を家に訪ねてくる場面があります。そこでの平岡は、もう夏物の「洋服」です。白シャツもカラーも新しく、ニットのネクタイをつけて、求職中の身と思えないくらいに、おしゃれしています。

さらに、別の日、平岡の妻である三千代が、ひとりで代助を訪ねてきます。彼女は、このとき、「セルの単衣《ひとえ》の下に襦袢を重ねて、手に大きな白い百合の花を三本ばかり」さげています。セルというのは、平織薄手の毛織物で、合いもの、つまり春から夏にかかる前までの和服地です。

そして、もういっぺん、代助から手紙を書いて、三千代から訪ねてくる場面があります。このとき、三千代は、「銘仙の紺絣に、唐草模様の一重帯」を締めていて、前回とはまるで違った装いであることに代助は意外の感を受けます。なにか「新らしい感じ」を彼は受けるんです。このときは、代助のほうが部屋に白百合をたくさん買って、花瓶や鉢に生けています。

これは平岡と三千代の結婚から数年を経て、いささか手遅れな求愛を代助のほうから言いだし、三千代がそれを受け入れる場面です。その印象的な場面の衣装として、漱石はヒロインに、このような「銘仙」を着せています。あらたまった訪問着などではないのです。

ちなみに、次の漱石の作品『門』になると、さらに深い意味あいを担わされたかたちで、銘仙は語られます。

主人公の宗助は、叔父の死によって、あてにしていた財産をうやむやのうちに失ってしまいます。もはや、自分の手もとに父の代から残っているのは、江戸時代の画家、酒井抱一が秋の月夜の原野を描いた二枚折りの屏風くらいです。彼は下っ端の役人で、給料も少ない。妻のお米は、「あなた、あの屏風を売っちゃいけなくって」と尋ねます。そうやって一〇円たらずでもお金が入れば、宗助の傷んだ靴をあつらえなおして、さらに、銘仙の一反くらいは買えると、彼女は言うのです。宗助も、そうだな、と同意します。お米が声をかけると、六円で買いましょう、と古道具屋は言います。お米が返事しないでいると、道具屋はだんだんと買い値を上げていき、とうとう三五円で買っていく。のちに、この屏風は、宗助たちの借家の大家のところに、古道具屋が八〇円で売りつけたことがわかるんですが。

あるとき、宗助が用事で大家のところに出むくと、茶の間に通されます。そこには、大家の家族たちとはべつに、もうひとり男がいて、行商の呉服屋なんです。田舎の産地から、風呂敷ひとつでいろいろな反物を担いで、東京の街に出てきて、売り歩いている。日に灼けた肌、砂埃のついた髪、冬だというのに膝小僧が出るような粗末な着物で、貧乏そうです。それと、言葉づかいが田舎びていて、彼が何か話すと、そのたびに、この家の者たちが笑っている。郷里の村は貧しくて、文字を読み書きできるのは、自分ひとりだけなんだと、彼は言います。米も粟もとれないので、桑を植えて蚕を飼う。桑の葉を、蚕の餌にするんです。その繭から糸を繰り、機で織って、こうやって暮れから年明けまで、街に出て売り歩く。春は蚕の世話で忙しいので、村に帰る。そのあと、また織れたら、秋までのあいだに売り歩くんでしょう。それでも、彼がこうやって並べている反物は、銘仙、お召し、白紬、どれもとても上質なものだと、ひと目でわかるんです。

「どうですあなたも、ついでに何か一つ。奥さんの不断着でも」

と、その家の主人が勧めてくれて、宗助はお米のために銘仙を一反買う。主人は、さんざんに値切って、三円にまけさせる。

つまり、こうやって美しい反物を作っている農民は、いつまでも貧しい。いくら働いて、織っても、暮らしはいっこうによくならない。そして、街の金持ちは、それらの反物を安く買い、消費生活は一段と発展し、より美しく、素敵な暮らしになっていく。

ともあれ、漱石の小説に出てくる女性たちは、こうした都市生活のなかで、利発に、自分自身の気持ちを持って生きています。たとえば銘仙を彼女たちは着ている。普段着なのだけれども、彼女たちはそれぞれ自分自身の趣味、好みを発揮して買い求め、これを着る。つまり、自分を着ているんです。意匠、生地や色合い、あるいは着付け方が、言葉以上に、彼女たち一人ひとりが何を考え、何者であるかを語っている。かつてのように、母から娘、さらに孫娘へと、無言のうちに受け継がれていく上等な着物とは、もう違っている。明治の工業化社会の発展と、都市の消費生活が背中合わせになって生みだす、もっと軽装の着物なんです。

漱石は、若い時分のお見合いの席で、相手の娘さんが、歯並びが悪いのに隠しもせずに平気でいる様子が気に入った、とか言って、鏡子夫人との結婚を決めたのだそうです。鏡子夫人の回想記に、そんな話が出てきます。あっけらかんとものを言う、そのような新しい時代の女性が、彼には好ましかったんでしょう。これが、江戸時代の空気を引きずる明治初期と、日清戦争以後の工業化された明治後期社会との違いです。『それから』のなかを流れる気分にも、そういうところがあります。ヒロインの三千代が運命的な場面で身につけてくる銘仙の装いは、そんな彼女の内面を表明しているものなんです。

養蚕、製糸工場、織物工場といった、近代産業のプロセスを通じて、銘仙という製品は生みだされていきます。一八九四年に始まる日清戦争、一九〇四年に始まる日露戦争を通過しながら、絹織物生産は爆発的に市場を成長させます。輸出に加えて、国内消費も大きく伸びました。

養蚕は、本来、年一度、春に蚕を育てるのが一般的でした。けれど、それだけでは、需要増に追いつけない。生糸の需要が伸びるにつれて、蚕種の改良も重ねられ、明治後半には、春と、夏・秋、つまり一年に二度蚕を育てることが、日本中の養蚕農家で通例となっていきました。

なかでも、関東地方の群馬県、栃木県は、生糸、絹織物の大産地です。この二つの県の境界付近をつらぬいて、渡良瀬川が下っていきます。その両岸に、絹織物生産を支えるいくつもの町が連なります。水量ある流れは、豊富な漁獲と、岸辺には肥沃な農地をもたらし、川船による通運をも支えていました。最上流部の足尾という山地に、銅の鉱山がありました。江戸時代から鉱石を採ってはいましたが、ここも明治期の工業化を通して、爆発的に銅の生産を増やしていきました。

足尾の周囲の山の木々は、精錬に伴う有毒ガスでことごとく立ち枯れて、すべて禿げ山に変わっていきました。鉱毒の被害が渡良瀬川下流の地域にも広がったのは、一九世紀終わり近くだったと言われています。豊かだった田畑が、草も木も生えない枯れ野に変わっていきました。魚貝も獲れなくなりました。それとともに、これらの地域の住民にも健康被害が広がりました。肝硬変、発育不全、さらに深刻なのは、鉱毒被害によってもたらされる流域住民の暮らしの貧しさが、栄養不足による免疫の低下や、不衛生な生活環境をさらに広げて、さまざまな病気を増やしていくことです。また、鉱山の坑夫のあいだでも、危険で非人間的な労働環境に耐えかねて、ついに暴動が起こりました。

百年後の現在、とうに銅山は閉じられています。ですが、現地の禿げ山はそのままです。植樹活動が続けられていますが、強い酸性に汚染された土は回復していないんです。二〇世紀初めに、亜硫酸ガスの煙の害で廃村になった集落の跡も、荒れ地のまま残っています。川の水は澄んでいます。しかし、魚はいません。土地の子どもらは、その川では泳ぐことなく成長し、やがては職を求めて故郷を離れます。

もう一つ、気づくことがあります。足尾の町は、渡良瀬川の源流近い、深い谷あいの地にあります。それでも、険しい峠をひとつ越えさえすれば、日光へと抜けられます。距離にして、せいぜい一〇キロというところでしょう。

日光という地名は、みなさんも聞いたことがあるかもしれません。明治初め以来、日本を訪ねる欧米人にも広く知られた観光地です。初代徳川将軍をまつる豪華な神社があり、さらに奥地には、美しい湖が開けています。だから、欧米人には、空気のきれいな避暑地としても知られてきた場所なんです。

峠ひとつ、そこから越えたところに、地獄の景観を思わせる足尾という土地があることなど、彼らは想像することもなかったでしょう。それ以上に不思議なのは、あれほどすさまじい破壊力を示した足尾銅山からの有毒ガスが、峠の山々で堰き止められて、よくも日光のほうには流れなかったものだな、ということです。これこそが、奇跡のように感じられます。でも、人間は、あんまりそういうことは想像してみないようです。

夏目漱石は『坑夫』という小説を書いています。『それから』に一年半ほど先だつ、一九〇八年一月から四月にかけて、「朝日新聞」に連載したものです。足尾銅山らしき鉱山が舞台となっています。

家出してきたらしい若い男が、なかば捨て鉢な気分で、鉱山に働きに入る成り行きになります。そこは、外から来た者には異界じみた過酷な肉体労働の世界です。でも、結局、まだそれになじめないうちに、「気管支炎」で坑夫には失格と医師によって診断されて、こちらの世界に戻ってくる。そういった、いわば、坑夫になりそこねる話なんです。

漱石の作品のなかでは、あまり人気がありません。なにせ銅山が舞台で、女性も出てこない。しかし、この作品が、足尾銅山の鉱毒問題や、足尾現地での坑夫たちの暴動、そういった社会問題が世上を騒がせるなかで書かれたことは重要です。つまり、これは、はっきり、社会派小説としての側面を持っています。にもかかわらず、その世界に入っていくことに主人公は失敗する。こんな物語になってしまうところも、漱石という作家のおもしろいところでしょう。

管野須賀子の夫でもあった荒畑寒村は、この足尾銅山をめぐる問題に、熱心に関わる時期がありました。発端は、まだ彼女を知るより前のことです。

一九〇五年の春から夏にかけ、まだ満一七歳だった荒畑は、リヤカーに平民社が刊行している書籍類を積み、社会主義の伝道行商と称して、東北地方や北関東を一人でまわったことがありました。こんな動きを取れば、行く先々で、警察による尾行や嫌がらせも受けます。それを承知で、少年一人きりでこうした旅に送りだすのは、平民社の人びとの目にも、彼によほどしっかりとしたところがあったからなのでしょう。ことに七月、栃木県谷中村で、足尾銅山の鉱毒問題への抗議行動を取りつづける田中正造と出会ったことは、その後の彼の人生に影響を残したはずです。

このとき、田中正造は六三歳です。近隣の名主の出身だった田中は、国会議員に六回当選する政治家でしたが、鉱毒問題を政府に訴えつづけて、やがて議員を辞し、路上で天皇への直訴に出て、取り押さえられたこともありました。荒畑が出会う時期、田中は、谷中村全村を渡良瀬川の遊水池として水没させるという政府案に抵抗するため、みずから、この地に住みついたところなのでした。出会った当夜、荒畑は、田中老人といっしょに、村人の家に泊めてもらっています。そのあと、すぐに「忘れられたる谷中村」というレポートを、彼は平民社の機関紙に書き送り、さらに足尾銅山を目指しました。

なぜ、そのとき荒畑が、まだ一七歳の若さで、事態の本質を深く感じ取れたかというと、彼にはすでに労働の経験があったからです。

日露戦争の前夜、一五歳の荒畑は、横浜の親元を離れ、横須賀にある海軍の造船工場で木工部の見習職工として働きはじめました。開戦の機運が高まるにつれ、軍艦建造の作業は多忙をきわめて、彼のような職工もこちらの工事にまわされます。暑く、暗く、不潔なドックのなかでの作業に、職工たちは次つぎと脚気や肺結核に倒れていきました。「青ぶくれした生気のない顔が悩む脚を投げ出して坐り仕事をしている」。それを見ると、「幽界にさまよう死霊に出会ったような不気味さを感ぜずにはいられない」と彼は書いています。

荒畑が、「寒村」というペンネームを使いだすのは、一九〇五年、この谷中村探訪の直後からです。寒村は、荒れて、貧しく、寒々とした村のことです。それは、このとき彼が目にする、真夏であるにもかかわらず枯れ果てた谷中村の景色だったのでしょう。それからのち、九三歳で没するときまで、彼は「寒村」という名で生きることになります。

彼女が島での手紙に書いていたこと

……あ、そうでした。荒畑がどんなふうにして管野須賀子と出会ったのかも、説明しておかないと。

足尾から東京に荒畑が戻って、その秋のことです。平民社の運営は、いよいよ行き詰まっています。そこで、彼は師匠格の堺利彦の斡旋で、紀州・田辺の「牟婁新報」という小さな新聞社に、記者として勤めに出むくんです。荒畑の場合、最初に堺を訪ねて平民社に出入りするようになったことから、終生、堺のことを「先生」と呼んで、その敬意が変わることはありませんでした。

紀州の田辺は、紀伊半島西岸の深い入江に面した田舎町です。海ぎわ近くまで深い山地が迫っている半島で、当時、大阪からこの町には一晩がかりで船に乗って行くしかありません。やっと日露戦争は終わったものの、社会主義者たちの暮らしは苦しいままでした。

年が明け、一九〇六年二月、この新聞社に、管野須賀子も京都から赴任してくるんです。「牟婁新報」の社主兼主筆は毛利柴庵といって、東京の堺や杉村楚人冠らと親しい関係にありました。その毛利が、地元の和歌山県知事を猛烈に批判したことで裁判にかけられ、さらには、これを裁いた裁判官のことも紙面で批判して、いよいよ実刑判決が下されたんです。その刑期をつとめるあいだの主筆代理を、かねて大阪で婦人記者をしていた管野に依頼したのでした。まだ彼女が、日本で二人目だか三人目だかの婦人記者だったとか言われるような時代のことです。荒畑が満一八歳で、管野が満二四歳でした。

このとき、彼ら二人が「牟婁新報」でともに働くのは、わずかふた月です。荒畑は、四月に堺利彦から東京に呼び戻されることになりますから。この時期の荒畑は、自身の空想的な失恋の悩みに夢中で、管野の下宿で、少し酒でもふるまわれたのか、それを語っているうち、泣き寝入りしてしまったりもしたようです。三月になると、管野の六つ年下、結核療養中の妹・秀子も、管野の下宿先で同居します。荒畑と秀子は同年の生まれで、休日、三人で景勝地に出歩いたりもしています。まさに「姉ちゃん」と「かつ坊」、先輩格の婦人記者と、血気盛んな若輩記者として、過ごしていた様子です。主筆の毛利柴庵も五月には刑期を終えて出獄してきて、管野も秀子と京都へ戻ります。

東京に帰った荒畑は、堺利彦宅に寄宿しながら、堺たちが起こした日本社会党の機関紙の編集などをして働きます。堺は面倒見のいい人物で、自分たち一家の生活も苦しいのに、荒畑に英語を勉強させようと教科書など買い与えて、夜には英語学校に通わせます。

荒畑と京都の管野のあいだでは、さかんに文通があったようです。互いに離れて、むしろ気持ちも高揚したのかもしれません。いよいよ、荒畑は我慢しきれなくなり、八月に入るころには、堺の家を抜けだし、京都の管野と秀子が暮らしている家へと駆けつけます。そして、ほぼひと月、ふたたび堺から叱責の手紙を受け取って東京に戻るまで、その小さな借家に三人で過ごします。荒畑が言うには、管野とのあいだに男女関係が生じて、それが深まっていくのは、この時期だったということです。

秋口に、荒畑は東京に戻りました。続いて、管野も、秀子を伴い東京に出て、「毎日電報」で婦人記者の仕事を見つけます。年末、二人は、「結婚」する了解を堺から得て、翌一九〇七年元旦の「牟婁新報」紙上で、管野が、その事実をかつてのゆかりの読者にむけて公表しました。二人を知る紀州・田辺の人びとは、きっと驚き、噂しあったことでしょう。それくらいに小さな町だったのです。

だけど、東京で、二人の新婚生活が、実際にはどんなものだったか？　というと、それがわからないのです。

管野は、東京・市ヶ谷の下宿で、病気が悪化していく妹の秀子の面倒をみながら暮らしています。本当なら、荒畑も同居しているはずですが、そうでもないようです。同世代の運動仲間のところを転々としていたらしい様子もある。まもなく、新宿からさほど遠くない、柏木の一軒家に移った様子です。この近辺は、急進派の若い社会主義者、無政府主義者らが、集まって暮らしていた地区です。当時は新開地で小さな格安の借家が多く、彼らにも暮らしやすかった。それに、幸徳、堺の居宅に近いということも大きかったでしょう。そして、中国の革命運動家たちも、日本に移ってきて、このあたりに滞在している者が多かったのです。

日露戦争後のこの時期は、辛亥革命の前夜で、中国から日本への留学生が激増する時期なんです。いちばん多いときで一万人前後の中国人留学生がいたとも言われています。富裕層の子弟などが多数を占めてはいるのですが、少なからず、そこに革命家たちもまぎれていました。いや、留学生活がさらなる革命家を生んだと言ってもよいのでしょう。幸徳たちと連携をたもって、事にあたろうとしている人びとも、少なからずいたんです。

この二月はじめ、いよいよ足尾銅山で、劣悪な労働条件などへの不満が高まって、坑夫たちの大規模な暴動が起こります。当時、平民社は立てなおされて、日刊で「平民新聞」を復刊しているのですが、足尾に急いで向かった記者がたちまち現地で逮捕されてしまい、荒畑が後続の記者として派遣されます。深い積雪のなか、徒歩で日光から険しい峠を越え、戒厳令下の足尾に彼は潜入しました。しかし、すでに決起はほとんど制圧されて、坑夫たちの逮捕・連行が続いていました。荒畑に対する追跡も始まっており、ほとんど何もできないまま、ふたたび足尾から脱出するほかなかったのです。

東京・柏木の自宅に戻ると、管野の妹の秀子が結核菌に脳を冒され、危篤状態に陥っていました。それなのに、彼女を入院させられるだけの金もないのでした。それから一〇日あまりで、秀子は死んでいきました。簡単な葬式のあと、管野は寝込み、医者にかかると、彼女の肺も結核に冒されているという診断でした。

管野は、春から「毎日電報」記者の仕事をしばらく猶予してもらい、伊豆の初島という小島まで転地療養に出むきます。完全な休職ではなく、島からときおり現地報告のような記事を送ったりもしています。

初島には、当時、熱海という温泉町のはずれにある漁港から、三日に一度、郵便を運ぶ通船が出ていました。網代という漁村の港です。海上三里、つまり、沖合一〇キロあまりの島まで、その船に便乗させてもらうほかはないのでした。

東京からだと、途中の小田原までの八〇キロばかりは汽車があります。でも、その先の熱海までの二五キロほどは、まだ正規の鉄道が通っておらず、「人車鉄道」、つまり、人力で押されて走る車両に乗っていきます。三時間ほどかけて、その区間を走ったんだそうです。こうやって初島へと向かったのが、五月初めごろのことでした。

荒畑のほうはと言えば、日刊「平民新聞」が四月なかば、また廃刊に追い込まれ、失業状態で、ひまな身になっています。ですから、管野が長期の療養に出るとなると、今度は離れがたくなり、見送りがてら、網代の漁港まで、ずるずると半日がかりで彼女について行きました。

入り江になった港から、堤防づたいに村はずれのほうに歩けば、海は外海にむかって開けていきます。凪いだ水面で、歌声をあわせながら、漁網の繕いをしている舟などもあり、その先に初島の影が見えてきます。そんなことをしているうちに、また未練が生じます。荒畑には、困惑すると、つい、しきりに爪を嚙む癖がありました。港近くの宿屋で連れ添って一泊してから、翌朝の島への通船に管野が乗せてもらうのを見送って、今度は荒畑ひとりで東京まで戻ってきました。

一方、管野は、初島の漁師の家で、離れの部屋を借りました。彼女に三つ年下の弟がいたことは、最初に話しましたっけ？　正雄という名で、三年半ほど前、米国西海岸での留学生活に送りだしています。といっても、それからは、とくに仕送りもしてやれていませんから、彼も相当な苦学を続けてきたはずです。いまや、管野にとっては、彼だけが、最後に残った身内の者なんです。その彼に宛て、島から手紙を書いています。近況を知らせるとともに、「御身とももう永遠に相見ることは出来ないでしょう」とも記しました。つまり、これは、彼女なりの遺書でしょう。

このときすでに明治天皇へのテロルのようなことを彼女が考えていたとは、僕には思えません。それよりも、むしろ、妹の秀子を二〇歳に満たない若さで死なせてしまった、そして、自分も、やがて結核で死ぬだろう。ただ一人の肉親である弟の正雄とも、もう生きて会える機会はありそうにない――。この境涯を確かめることから、彼女は、自分に残された日々を生きはじめたのだろうと感じるのです。

考えてみれば、彼女の亡くなった父は、鉱山技師――そのころ世間で使われていた、もうちょっといかがわしげな呼び名で言うなら、ヤマ師だったんです。質のよい鉱山をみつけ、ひとヤマ当てると、まとまった収入がある。そうやって日本中をあちこち渡り歩く。つまり、近代日本の資本主義の発展、それを裏側から支えた親から、やがてテロリスト志願者になる管野須賀子という女性は生まれてきたんです。

その父親は、京都在勤の下級武士出身のようです。明治維新という革命によって、この武士という階級は廃止されます。これにより、彼は裁判官になる。そのあと、弁護士に。そこから、どうやって鉱山学の知識を身につけ、ヤマ師となったか、わかっていません。いずれにせよ、浮き沈みのはげしい職業で、暮らし向きのいい時代もあったらしい。管野須賀子は大阪育ちなんですけど、子どものころは東京にいたこともあり、十代なかばのころは愛媛や大分でも暮らしていて、これには父親の仕事の都合があったようです。母親が早くに亡くなったものですから、彼女自身、学校は大阪の四年制の高等小学校を二年で中退し、弟や妹の面倒をみました。あとでもう一度、大分で学校に入りなおして、一五歳になる年に小学校補習科を了えています。勉強が好きだったんでしょう。十代後半で大阪に戻り、さらに東京に出て看護婦会に入って、見習い修業を受けたりもしたようです。

一八歳になる年に一度結婚し、三年ほどで正式に離婚しています。「大阪朝報」の新聞記者となるのは、そのころのことです。婦人矯風会というキリスト教の社会教化団体に入会し、洗礼も受けています。一九〇四年、日露戦争のなかで「平民新聞」を購読して、社会主義に接近するのも、二三歳、このころからのことでしょう。

翌年、父が病気で死にます。そして、今度、妹も死んだ。だから、親族は、もはや弟の正雄だけなのです。でも、その弟は、もう彼女のそばにはいない。妹が死ぬ前年、つまり一九〇六年四月のサンフランシスコ大地震で、弟の正雄は罹災して、ロサンゼルスへと移っています。でも、いまとは違って、電話という手だてもない。だから、もはや、彼とは互いに交わることのないそれぞれの世界に生きることになるのだとも、彼女は感じていたでしょう。

むろん、身内といえば、ほかに、「夫」であるはずの荒畑寒村がいます。とはいえ、そのことを彼らが互いにどのように実感できていたかは、わかりません。むしろ、彼の場合は、まだこれから徴兵検査を受ける身であって、そうした事情もあるため、実家の父や兄との行き来が続いています。彼自身にしても、実感としては、身内というのはそちらを意味したのかもしれないのです。

荒畑は、管野を初島での転地療養に送りだし、そのあと一時は、出版業の金尾文淵堂に雇われて、原稿取りや校正を手伝ったりしました。けれど、それも夏までもちませんでした。せいぜい、ひと月、といったところだったようです。

ちなみに、この金尾文淵堂は、もとは大阪で創業した出版社で、東京に移ってからも経営こそ安定しなかったものの、つねにモダンで美しい造本をする文芸書の版元として知られていました。当時は、平民社の仲間である安成貞雄の弟・安成二郎も、やや先輩格にあたる同僚として勤務していました。

荒畑が勤めた翌年、一九〇八年には、この金尾文淵堂から、ツルゲーネフの『ルージン』が、二葉亭四迷の翻訳で『浮草』という表題に改められて出版されています。荒畑によると、そのとき安成二郎は広告文を書く係だったのですが、ツルゲーネフを知らないまま、

「露国文豪ルージン氏の傑作」

と、うたってしまって、そのまま印刷されたことがあるそうです。

夏の夕暮れの舟遊び、貧しい村の話

いや、話を戻しましょう。

一九〇七年の夏の初め、管野須賀子は、ふた月ぶりに初島から東京に帰ってきます。一方、夫である荒畑寒村は、六月なかば近くに、かつて訪ねた栃木県の渡良瀬川沿いの谷中村を、田中正造に伴われて再訪しています。

谷中村は、周囲に堤防をめぐらせることで、渡良瀬川の増水から、田畑や家屋を守りながら続いてきた村でした。官憲は、その村を廃して、村人たちを立ち退かせようと、繰り返し、これらの堤防を破壊するようになっていました。この年、ついに家屋も強制的に破壊できる法律を用い

て、最後まで残った村民たちも追い立てられようとしていました。

まだ村に残っている人に案内されて、雨期にかかりつつある荒れ果てた村をめぐりました。また、この運動を離脱して、まだ闘いつづけている村人からは批難されている友人のもとにも、荒畑は訪ねています。自分には、彼を批難する資格などはないということも、荒畑は感じていたのです。

その夏、荒畑は懸命に『谷中村滅亡史』を書き上げて、八月終わりには刊行まで漕ぎつけます。けれど、発行の即日に発売が禁止され、社会からは隠されてしまいます。

秋に入ると、荒畑は大阪の新聞社に職が見つかり、東京を離れます。また、管野と入れ違いの暮らしが続くんです。二人のあいだが、どこかうまくいってはいなかったことがうかがえます。いや、この間にも彼らのあいだに別れ話があって、管野としては、荒畑がこうして大阪に向かったことで、彼とは別れたつもりでいたようです。二度と修復するつもりがなかったかどうかまでは、わかりませんが。

暮れになり、大晦日、彼女は、また胸の病気の転地療養で、今度は千葉の保田港へと出むきました。当時は、そこに行くにも、東京の隅田川の河口近くに架かる橋のたもとから、船に乗ります。房総半島の突端近く、いまは館山港と言いますけど、そこまで、港みなとに沖がかりし、はしけで陸地と連絡しながら、汽船は進んでいきます。浦賀水道の出口に面する、保田の港で船を降りると、たまたま口をきいてくれる人があり、すぐ先の吉浜の集落で、秋良《あきら》屋という網元の家に逗留することになりました。あてがわれたのは、南向きの縁側から、障子ごしに暖かな陽が射す部屋でした。家の前の坂を二、三〇歩も下ると、浜に出ます。

年は、そうやって明けます。そして、一九〇八年二月に入ったころ、この家に、ふいに大阪から荒畑が訪ねてきたのです。弟だと名乗って、部屋に通してもらったらしく、珍しく洋服姿でした。管野としては、相変わらずの若者らしい身勝手さを、いくぶん煩わしくも感じたでしょう。でも、それが、かわいくもあり、ことさら不満も述べずにいたようです。冬場の浜で心細い思いにとらわれていたこともあって、たわいのない彼の旅の話にも耳を傾けます。そんな具合に、こうしてさらに二人で二〇日ばかり過ごしたのでした。隣室に、やはり病気の療養で、荒畑と同年代の阿部という若い男が滞在していました。荒畑は、すぐにこの男とも仲良くなって、三人で連れ立って、ちかくの鋸山に登ったり、浜を歩いたりもしたのでした。面倒な話は先送りにできるだけでも、それはそれで、彼女にとってもいやなことではなかったのでした。

ともあれ、この一九〇八年三月、管野は東京で新聞記者の仕事に復帰します。荒畑のほうは、いったん大阪に戻るのですが、さっさとそこは辞め、ふたたび東京・大久保百人町の管野のところに転がり込みます。いや、夫が帰宅するようなそぶりで、戻ってきたのかもしれません。ここも、柏木の堺利彦や大杉栄の家のすぐ近くでした。ただ、幸徳は腸の病気のため、前年秋に東京の家を引き払い、すでに故郷の土佐・中村に籠もって、クロポトキン『麵麭の略取』を訳しはじめています。

春になっても、その年は雪がずいぶん降ったようです。管野と荒畑の所帯は、雪下ろしもせずにいたせいで、朝方、雪の重みで庇が壊れて落ち、仲間たちが駆けつけて、修理してくれたこともありました。それでも次第に、荒畑は、またこの家を離れて、柏木界隈の若い仲間のところを泊まり歩くことが多くなります。顔を合わせると、管野から、つんけんと言い返されるのも癪にさわって、五月になると、仲間の一人と、荒畑は柏木に別の部屋を借りています。管野としては、このときが、離別の日付ということになるのでしょう。

「赤旗事件」の日が、六月二二日、こうしてやって来ます。

さっきお話ししたように、この事件は、釈放された同志の歓迎会で、荒畑や大杉らが赤旗を掲げて街頭になだれ出ようとしたことから起こりました。警察側は、急進派の社会主義者たちをこうして一斉に検挙する機会を待ち受けていたんでしょう。巻き添えになった管野は、やがて無罪判決が出て釈放されますが、この逮捕で、彼女は「毎日電報」記者の職を失ってしまいます。一方、荒畑は罰金と懲役一年半の実刑判決で、ほか八人の同志とともに千葉監獄に身柄を移されます。ただし、幸徳は、故郷の土佐にいたことで、逮捕を免れたのでした。

ほかにも、東京以外の土地で過ごしていた仲間らは、「赤旗事件」での検挙は免れています。たとえば、紀州・新宮で医院を営む大石誠之助と、彼の仲間たち。杉村楚人冠が「朝日新聞」に書いた「幸徳秋水を襲う」という記事で、大石は、幸徳が持病の薬を処方してもらっている医師として、名前が挙がっていたでしょう?

新宮という町は、紀伊半島の南端に近く、熊野川という水量豊かな川の河口部です。もちろん、当時まだ鉄道は通っておらず、東の名古屋方面に向かうにも、西の大阪、神戸方面に向かうにも、船なんです。ですから、彼らは、東京でどんな事件が起こっているかも知らずに、地元で過ごしていたでしょう。

幸徳は、事件の知らせを郷里の土佐・中村で受け取ります。東京からだと、ここは、さらに遠い土地です。しかし、彼は、急進派の運動の先頭に立ってきた者としての責任からも、病気の体を押して、七月下旬、東京に向かうために故郷を離れます。裁判が東京で始まるのは八月なかばからなので、道中、地方在住の仲間たちのところに寄って、相談などを重ねながら東京をめざそうという考えでした。

幸徳が、まず向かったのは、紀州・新宮の大石誠之助のもとでした。大石は、この年で四一歳。幸徳より四歳、堺利彦より三歳の年長で、夏目漱石と同年にあたります。彼は、幸徳らの社会運動の実践面に参加していたわけではありません。ただ、ことあるごとにかなりの額の資金援助を与えており、また、彼は米国から社会主義・無政府主義の文献なども直接に取り寄せて読んでいたので、その見識と海外経験などへの信頼が、幸徳たちから寄せられていました。幸徳は、七月末近くから八月上旬にかけて、新宮の大石宅にとどまります。

晴れた夏の日暮れどき、七月三〇日あたりのことでしょう。

大石は幸徳を舟遊びに誘って、自宅裏手の船着き場から小舟に乗りました。同行者は、子どもを含む大石の家族や親戚、女中、そして、近くに住む親しい牧師といった顔ぶれで、船頭を雇って、太平洋への河口部に近い、熊野川の広い川面を回遊したのです。衰弱した体でこれから東京に向かう幸徳への、大石なりのねぎらいの催しだったのでしょう。大石は、この小柄な友の病状に、暗い見通しを抱いていたふしがあります。

大石誠之助は、クロポトキンの著作も英書で読んでいたので、その思想が穏やかなものであることをよく理解していました。各人の自由、自立、相互扶助を尊重する姿勢が、クロポトキンにおいては根源的《ラディカル》なのであって、いかなる点でも彼はテロルを正当化してなどいないということも。そこにある温厚なラディカリズムに、大石は親しみを抱いていました。また、彼は、かつて北米西海岸でコックなどとして働きながら現地の大学で医学を修めたこともあって、自分流に工夫を凝らした西洋料理を調理したりするのも得意でした。さらには、都々逸という俗謡の宗匠でもありました。そういうユーモアをぬきにして、この人生を無事にやり過ごしていくのは難しそうだと感じていたのでしょう。

いや、むろん幸徳も、クロポトキンについては、そのように承知していました。もとより幸徳は、テロリズムを持ち上げる柄ではないんです。彼は言論人、悪く言うなら、当時は「口舌の徒」っていう言い方があったんですが、これは「口だけの人」、そういうところでしょう。ただし、彼は、名文家です。調子の高い、悲壮さが人に訴えるような檄文も書くことができた。彼は小柄で華奢な人ですが、細く高めの声での演説は、凄みのある熱を帯びていて、人を引きこむものがあったといいます。

こういうところが、彼ら急進派のもう一人のリーダー格、堺利彦の文章とはまったく違うところです。堺の文章は、いつでも口語的な散文です。子どもが聞いてもわかりやすい。そして、つねにどこかしら、おかしみを帯びています。これに対して、幸徳が書くのは、漢文調の詩的な文章です。そこに、凄みがある。ただし、そうした漢文的な教養から切れてしまった百年後の僕が読むと、ずいぶん古くさい感じがして、よくわかりません。でも、当時の読者に対しては、読む者を酔っぱらわせてしまう力があった。彼自身も、その文章の調子にいくらか酔いながら書いたんでしょう。ロマンチックです。そこが、堺利彦の簡明でわかりやすい文章とは、はっきりと対照的なんです。あえて、幸徳の資質にテロリズムと結びつきやすいものを指摘するなら、そういうところだったろうと僕は思います。

これは、ユーモアの有無とも関わってくる問題です。堺の文章は、いつだってユーモラスです。ユーモアというのは、自分に向けられる皮肉、シニシズムにつながっていきますから、ひとつの観念だけを突きつめていくテロリズムには、結びつきにくいでしょう。

もし大石誠之助が、医師として判断するなら、幸徳の文章のまじめさ、ロマンチシズムが、肉体的な彼の病状の深さと相まって、さらに危険な方向にむかっていくことを心配する気持ちも兆したかもしれません。ですが、大石が、完全にそうしたテロリズムを否定する人間だったかというと、それはまた違っているようにも思います。人は想像のなかで、テロリズムを膨らませていくことがあるでしょう。これは、文学の源ともつながっていて、政治的なテロルの実行とはまた別の問題です。どちらが危険か、という問題でもないように思います。むしろ、確かなのは、想像のなかのテロルまで禁じようとすることが、いっそう政治的なテロルを育んでしまうだろうということです。そして、こんな心配をもしも大石が抱くとしたら、もちろん、それを理解できるような心当たりが、彼自身のなかにもあるからに違いないのです。

ここ、新宮とその周辺にも、つねに貧しく、虐げられつづける人びとの村がありました。大石は、医者として、その様子をよく知っています。彼は、地元の医者でただ一人、そういった患者たちの家にも、進んで往診にいく人でした。

打ち捨てられたような村へ、彼は往診に行きます。家具も、食器もなく、ただ荒れた暗い小屋のなかに、骨と皮だけに痩せた病気の子が臥せていました。母親はまともな着物もないらしく、丈の短すぎる下着と、汚れた前垂れだけをつけた姿で、「子どもがこんなに散らかしてしまいまして」、「暑いのでこういう格好をしていますがお許しください」と、しきりに言い訳をして、謝ります。

むろん、彼らに、お礼として支払える金などありません。しかし、それよりもさらに本質的なこととして、こうした家々を訪ねるたびに、じょじょに大石が理解していったことがありました。それは、貧乏人は自身の貧しさを隠そうとするものであり、だからこそ、富む者の側は、彼らの存在から目をそむけたまま過ごすことができるということです。貧しい人びとは、医者にかかることを遠慮しながら、また、支払う謝礼がないことを恥じながら、そうすることよりも、むしろ、苦しみのなかでも医者にかからずに耐えることを選んで、黙って死んでいくことでしょう。この世界には、そのような構造が、救いがたく、暗黙のうちに隠されているということです。

若いころ、彼は単身で米国西海岸に渡り、白人家庭の雑役夫やコックとして働きながら、大学で医学を学び、医者となりました。そして、日系移民らがサケ獲りや缶詰工場の仕事に集まるカナダの漁村で、ひどい伝染病の蔓延するなか、治療にあたっていたこともありました。そこから故郷の新宮に戻り、さらにもう一度伝染病の研究にあたる必要を感じて、シンガポール、そしてインドのムンバイへと渡った時期もあります。世界のどこに行っても、貧しい人びとが、打ち捨てられたように横たわっている場所がありました。

この現実を目にして、しかもそれがいっこうに改善されることがないという社会の不公正に直面したとき、誰の心にも、いくばくか、たとえ一瞬であれ、テロリズムへの誘惑は息づくのではないでしょうか？　みなさん、想像してみてください。それを完全に否定することで、社会正義というものは、存在できるでしょうか？

大石は、おそらく、自分自身のなかにも心当たりがあることを通して、幸徳のこれからを、いくばくか心配したのだと思います。けれど、彼は、それを口にするタイプの人間ではありません。どこかしら、つねに受け身な人間でした。たとえ、そのことに、これからの彼の運命を左右するところがあったとしても、それもまた、いたしかたのないことだったと言うしかありません。

日露戦争の下で、戦争に賛成しない姿勢を通した週刊「平民新聞」は政治的な圧迫を受けつづけ、廃刊へと追い込まれます。その上で、幸徳には、さらに五ヵ月の牢獄生活を強いました。釈放されると、彼は、衰弱した体の保養を兼ね、船で米国西海岸へと向かいます。大石も、それにあたって、かなりの援助を寄せています。サンフランシスコ周辺にも、在米日本人らによる社会主義運動は、小規模ながら組織されていて、そうした人びとや、米国人の運動家たちとの連携も形づくりたいとの望みが、幸徳にはありました。

とてつもなく大きな災害が、このとき、彼らを襲います。一九〇六年四月一八日、早暁のサンフランシスコ大地震です。およそ三〇万人を罹災させたと言われています。

この都市に、幸徳は、たまたま居合わせました。そして、目の前に起こった光景に驚きました。街の人びとが、たちまちに食料の運搬、病人・負傷者の収容や介護、焼け跡の片づけ、避難所の設営など、誰に命令されるでもなく整然と手分けして、すべてが自発的に運ばれているようなのでした。

ですから、彼は故国の同志たちの機関紙編集部に向け、「無政府共産制の実現」と表題をつけた短信を大急ぎで送っています。

《予は桑港《サンフランシスコ》今回の大変災について有益なる実験を得た。それは外でもない。去る十八日以来、桑港全市は全く無政府的共産制（Anarchist Communism）の状態に在る。

商業は総て閉止。郵便、鉄道、汽船（附近への）総て無賃。食料は毎日救助委員より頒与する。食料の運搬や、病人負傷者の収容介抱や、焼跡の片付や、避難所の造営や、総て壮丁が義務的に働く。買うと云っても商品が無いので金銭は全く無用の物となった。財産私有は全く消滅した。面白いではないか。しかしこの理想の天地も向う数週間しか続かないで、また元の資本私有制度に返るのだ。惜しいものだ。（桑港四月二十四日）》

社会のなかで長く孤立してきた経験が、わずかな希望を、幸徳に、あまりに大きく評価させているようです。人は、このような誘惑から、完全に逃れることはできません。ただ、過去の自分の誤りを考えに置くことで、間違いの幅をじょじょに抑えていくことはできるでしょう。

自分がもしも暗殺者になったらと、想像してみることは誰にだってありうることです。普通のことなんです。異性とちゃっかりうまくやることも、血みどろの殺人者になることも、誰しもが想像のなかでは、やっていることなんです。

日露戦争後、社会主義運動に対する日本国内での行きすぎた圧迫が、その極端な急進化をも招いたことは、否めません。どれだけ激しい弾圧も、相手が拠って立つ正義感の根拠を消滅させることはないからです。

念のために言っておくと、米国から日本に戻った幸徳秋水が、新しい自身の境地として強調したのは、テロリズムではありませんでした。彼が新しく主張したのは、ただ、労働者の

「総同盟罷業《ゼネラルストライキ》」、つまり、日本全国の労働者が一斉にストライキを起こそう、ということです。

要するに彼は、選挙によって、議会を通して革命を実現することは、もはや望めない、と断じたのです。たとえ、無産政党が選挙で議員を誕生させることができたとしても、彼らの主張は議会で絶えず薄められ、ゆすぶられ、すり替えられて、いつまでも到達点にはたどり着けない。つまり、アキレウスは、亀を追い越せない。ここに仕掛けられている巧妙な嘘にだまされるな、ということです。

その後のわれわれの経験からすれば、これには一理あったと思いませんか? いや、レーニンだって、幸徳と同じことを言ったのです。しかしながら、レーニンはレーニンがつくった政治を追い越せない、という、ほとんど異種同体のパラドクスはそこでもまだ続いているのでした。

ともあれ、こうやって、幸徳たち、日本の社会主義運動の急進的な一派は、「直接行動派」ということになるのでした。自他ともに、そう呼んだようです。したがって、もう一方、漸進派のほうは、「議会政策派」だということになりました。

いや、また、話がそれかけてしまっていますね。

ともかく、一九〇八年七月末の日暮れどき、紀州・新宮の熊野川でたまたま催された舟遊びは、のちに「大逆事件」がつくりだされるにあたって、もう一度、重大な場面として戻ってきます。つまり、この舟の上で、幸徳と大石たちのあいだで、明治天皇暗殺に用いる爆弾製造の謀議が交わされたのだ、というわけです。

筆記体のペン文字の行方について

荒畑寒村は「赤旗事件」で懲役一年半の判決が下り、千葉監獄に送られました。

管野須賀子のほうは、これまでの住まいからも近い、柏木の「神谷荘」という中国人留学生らの合宿所に、大杉栄の妻・堀保子とともに賄い婦として住み込みます。留学生たちに混じって、中国の革命家たちも——彼ら自身もまた留学生だったりするのですが——、出入りするような家でした。堀の夫である大杉も、「赤旗事件」で懲役二年半の判決が下り、荒畑と同じく千葉監獄の独房に入れられています。

千葉監獄に移されると、荒畑はさっそく管野に手紙を書いて、本の差し入れなども頼んでいます。当時は、監獄法が新たに定められたところで、これによって、親族との面会や通信も隔月一度と、極端に厳しくなったんです。だから、よけいに、一度の便りですべて頼んでしまおうと、獄中からの文面も、人使いが荒くなります。

荒畑は、かねて師匠格の堺から、獄中では英語をしっかり勉強しないといけないぞ、とハッパをかけられていました。また、兄貴分の大杉栄は、語学がもともと得意な男で、「一犯一語」とか称して、監獄に入れられるたびに新たな外国語を身につけて、外に出てきます。そうしたこともあり、彼らに焚きつけられて、荒畑も肩に力が入っていました。

「少々無鉄砲ながらバーネット訳のツルゲーニェフ全集を差入れてもらって、いきなりこれと取り組んだ。」

などと、のちに著した自叙伝でも、まだ力が入り気味です。

ここで「バーネット」とあるのは、おそらくガーネットのまちがいです。コンスタンス・ガーネット。英国の女性翻訳家で、ツルゲーネフに始まって、トルストイ、ドストエフスキー、チェーホフ、ゴーゴリと、ロシアの文豪たちの主だった作品を片端からほとんどすべてにわたって訳してしまった人物です。

荒畑は、さらに、……シェークスピアの悲劇、ルソー『告白』、ドストエフスキー『罪と罰』、ルナン『イエス伝』、クロポトキン『一革命家の思出』……と、獄中で英語版で読んだものを次つぎに挙げていきます。

このうち、ドストエフスキー『罪と罰』の英訳本 *Crime and Punishment* は、獄中で読んだものを荒畑自身が晩年まで手もとに置いていました。だから、現物が残ってるんです。訳者は、フレデリック・ウィショー。これは、ガーネットよりさらにひと世代前の訳者で、ロシア生まれの英国作家です。当時は、まだガーネットによる翻訳が、ドストエフスキーにまでは手が回っておらず、彼女の訳による『罪と罰』の刊行はもうちょっと先のことになります。ちなみに、『罪と罰』は、日本語への翻訳も、ドストエフスキーの作品中でとりわけ早い時期に刊行されていて、一八九二年、内田魯庵という評論家によって訳されています。これも、フレデリック・ウィショーによる英訳本からの重訳です。ただし、前半部分の翻訳が刊行されたところで、出版が中断されたままになってしまうんですが。

ところで、管野が荒畑に差し入れた*Crime and Punishment*には、彼女の書き入れらしいものが残っています。

まず、表紙をめくって、第一葉目の白紙ページの右上に、

《K.Arahata, in the prison at Chiba, in 1909.》

と、ペンによる書き込みがあります。これは、荒畑が、獄中で、自分で記したものなのでしょう。

一方、扉ページ上部の余白には、前のものよりずっと美しい筆記体のペン文字で、

《With Compliments of Suga Kanno
To Mr.K.Arahata》

と、書かれているんです。

「謹呈　荒畑寒村氏　　　　管野すが」

というところでしょうか。なんというのか、勉強のよくできる女子学生のノートに記されていそうな、ためらわずにくりくりとペンが動いていったことが伝わってくる筆跡です。

これ、ずいぶん、あらたまった献辞ですよね。妻の立場として書くものとは違っているように感じます。明治の日本女性がこれを書いているのだとは、とっさには信じにくい。飾り気はないけど、よく整った書体です。いったい、彼女は、どういう機会に、こんな欧文書体を身につけたんでしょうか？　管野には、「牟婁新報」に勤める前、京都の同志社という英学校の宣教教師の未亡人宅で、住み込みの家事手伝いをしていた時期があるとも言われていますが、そうした折りなどに、こんなサインを入れる機会があったのかもしれません。

荒畑寒村は、九三歳という長命でした。

実は、この献辞入りの *Crime and Punishment* を、荒畑は晩年、管野須賀子の伝記小説を書き上げた女性作家に、最後、プレゼントしているんです。よほど彼女のことが気に入ったんでしょうけれど、それだけでなく、協力してきた彼自身が、その本ができあがったことに、ほっとしたんじゃないでしょうか。

荒畑という人物は、若いときから老年まで、そういう、女から見てかわいげがある人だったんじゃないかという気がします。若いときは若いなりに、年寄りになってからは老人なりに、写真を見ると、きれいな顔立ちをしています。

妖精たちの来訪

一九〇八年後半から一九〇九年にわたる日々が、そうやって過ぎていきます。「赤旗事件」の衝撃で第一次西園寺公望内閣は総辞職して、代わって、より強権的な傾向を示す桂太郎による二度目の内閣が組閣されます。

こうしたなか、性急に「天子暗殺」を思いつめる人間も、幸徳のまわりに出入りしはじめます。これは、ちょっと、薄気味の悪いところです。なぜなら、こういうことを言いだすのは、それまで幸徳たちの周囲で社会主義運動に取り組んできた人物たちとは、まったく関係がなかった人びとだからです。見かけたこともなかった人物が、急に現われて、そういうことを言っていく。ほら、アイルランドのW・B・イエイツが、旅の通りがかりの老婆の姿で、不吉な妖精が通ったりするのを描いたりするでしょう。ああいう感じか。幸徳たち、そこで暮らしている当事者は、こうやって訪ねてくる人から身をかわすことはできないわけです。その時点で、なんとなく「同志」としての会話みたいになってしまう。まるで秘密を共有しているみたいなやりとりに。

一九〇九年三月初めには、幸徳が、妻の千代子を強引かつ一方的に離縁しています。千代子は、やむなく、名古屋の姉夫婦のところなどに身を寄せます。

これに先だち、幸徳の自宅「平民社」は、柏木から、やや離れた巣鴨というところに移っています。ただし、しばらく住むうちに、大家が見張の刑事などを気味悪がって、もう、出ていってくれるようにと言いだしました。管野須賀子は、秘書という名目で、すでに、ほとんどこの家に定着していました。

まもなく、管野は、千駄ヶ谷の線路脇に、適当な空き家を見つけてきます。千代子が去って間もない三月なかば過ぎ、幸徳がそこに引っ越し、すぐ前後して、管野もここに引き移ってくるかたちになりました。ここそが、杉村楚人冠が「幸徳秋水を襲う」で訪問し、また、漱石の『それから』でも噂されることになる、千駄ヶ谷の「平民社」なのでした。

このとき、引っ越しを手伝うのが、新村忠雄たちです。新村は、信州・屋代の豊かな農家のせがれで、もうじき二二歳になろうという若者でした。群馬の高崎で発行される「東北評論」という雑誌の印刷名義人を引き受けたとたんに、その号が不穏だとして罪に問われて二ヵ月入獄し、この年二月はじめに釈放されました。故郷の母がたいへん怒っているとのことで、戻るに戻れず、そのまま上京し、「平民社」で書生となって身を寄せていたのです。千駄ヶ谷「平民社」への幸徳、管野の引っ越しを済ませると、この新村も、玄関脇の小部屋に引き続き書生として居付きます。

宮下太吉と名乗る男が、巣鴨の「平民社」を訪ねてきたのが、この一九〇九年二月一三日でした。この男は、愛知県で働く三〇代なかば、腕のいい機械工です。二年ばかり前に日刊「平民新聞」を読んで、彼は社会主義というものを知りました。以来、これへの世間の無関心を打ち破るためには、爆弾を天皇に投げつけ、天皇も同じ血が出る人間だとわからせて、人びとの迷信を破壊する必要があるとの考えに取りつかれます。

こんな考えを話す宮下に、幸徳は、将来にはそういうことを実行する人間も出てくるかもしれない、というくらいに答えて、まともに相手にはなりませんでした。けれど、同席した年若い新村忠雄は真剣に聞いていて、その夜から、爆弾のことが頭を離れなくなりました。

五月終わり近く、宮下は、千駄ヶ谷「平民社」の幸徳に宛てて、爆弾の調合法がわかったから、いよいよ目的に向かって進むつもりだ、と手紙を書いています。その日は、幸徳と管野が準備してきた「自由思想」第一号ができあがり、同時に発売禁止になった当日にあたっています。宮下のところには、幸徳からではなく、管野須賀子の名前で返事がありました。そこには、――自分は女ではあるけれど、あなたの仕事に協力する決心をしているから、上京されるおりにはお目にかかりたい――と書いてあったといいます。

六月初め、宮下は、信州・明科の製材所に職場を移すことになり、途中、東京で下車して、新宿駅に近い千駄ヶ谷「平民社」で一泊しました。これが六月六日で、この日は、「自由思想」第二号ができあがって、「平民社」に運び込まれた当日でした。第一号同様、いつ差し押さえが来るかという緊迫した空気のなか、幸徳も管野もあわただしく内緒の発送作業にあたっていたので、宮下のほうからはろくに声をかけることもできませんでした。夜更けて、作業に一段落がついた就寝前に、やっと宮下のほうから、明科に行ったら爆弾を試作して、いよいよ実行に移っていこうと思う、というようなことを話しました。すると、管野は、いまの天皇は人望があるし、個人としてもいい人に思うので気の毒だけれども、この国最高の責任を負う地位にあるのだからしかたありません、どうしても倒す必要がありますと、賛成の意見を述べたということです。

翌朝は、杉村楚人冠の探訪記事「幸徳秋水を襲う」の二回分載のうち、「上」の回が、「朝日新聞」に掲載された日です。宮下も、記事に目を通してから、信州・明科へと出発したはずです。この家の前で、また後ろで、巡査たちが見張っています。その家のなかにいながら、ここがいかに厳しい監視下に置かれているかを述べている探訪記事を読むのは、どんな気分だったでしょうか。

ただ、この日の「幸徳秋水を襲う」には、さっきも言ったように、こんな幸徳の談話が出ているんです。

「『皇室に危害を加える恐れがあるとでも思っているのだろうが、誰がそんな馬鹿な真似をするもんか』と秋水君は笑った。」

「真面目な響」を与えなかったもの

一九〇九年七月一五日、管野須賀子は、「自由思想」第一号、第二号を発売禁止後に頒布した容疑で、自宅である千駄ヶ谷「平民社」の病床から、連行されていきました。暑い日でしたが、しばらく結核の具合が悪く、寝込んでいたところに踏み込まれたんです。

管野が、東京監獄の女囚用の獄舎から、千葉監獄にいる荒畑に宛て、自分たちがすでに離縁していることの確認と、彼女自身は新たに幸徳と「結婚」したことを通知する書信を出したのは、八月一四日のことです。身近に幸徳と管野の活動を支えてくれていた少数の若い仲間も、すでにほとんどが、獄中の荒畑に対する二人の「裏切り」に反発し、去っていきました。管野が、荒畑に手紙を出そうとしたのは、獄外で孤立を深める幸徳への気遣いのみならず、いずれは、この「裏切り」の噂を獄中で耳にするに違いない寒村その人に、それよりも早く自分から声をかけるべきだと考えてのことだったでしょう。この手紙は残っていません。ただ、どうやら、荒畑が自分を「奴隷視」したとか、「私有財産視」したとかいう文言があったらしいことが、彼からの返信の文面にうかがえます。荒畑がその返信を書くのは、九月六日です。彼は、そのあいだの日々、灼かれる思いに苛まれていたのでしょう。

このときになって、堺、大杉ら、同獄の仲間は、家族との面会などを通して、すでにこれを知っていたに違いないと、荒畑は気がつきます。面会に必ず立ち会い、書信の検閲もする、監獄側の係官たちも、みな。彼は、その恥辱に、一人で耐えなければなりませんでした。けれど、何かと屈辱のなかに馴らされてしまう牢獄の日々では、それはそれで、どうにか過ぎてもいくものです。

彼から管野への返信の文面に、こんなふうにあります。

「……この手紙の趣はよく解りました。御相談とか何々とかいう訳でなく、通知の形式なのですから、誠に返事のしようも無いのですが、とにかく『主義の名によって快諾』……。まして吾々が平生主張し、鼓吹して居る事を実行されただけの事ですもの、僕は只ここで謹んで秋水兄とアナタとの新家庭の円満・幸福ならん事を心から祈るのみです。」

そして、このようにも加えています。

「事実を云えば、今の僕にとっては、このカタストロフは、多少苦しくない事はありません。」

管野は、九月一日に東京監獄を出獄しており、この手紙は千駄ヶ谷「平民社」で受け取ります。当初、書生としてこの家にいた新村忠雄は、春からは紀州・新宮の大石誠之助のところに薬局生の見習いとして送られていました。ここに書生として置いておいても、小づかい銭すら持たせてやれないのですから。それでも、八月終わりには、ふたたび幸徳の世話をするため、新村は千駄ヶ谷「平民社」へと戻っています。いまや、幸徳と管野のもとに残っているのは、新村くらいのものなのです。けれど、彼の場合は、もはや、幸徳の取り巻きというより、むしろ、管野、宮下太吉らとの秘密計画に取り組むつもりで動いています。実は、この夏、新宮にいた彼は、爆弾に用いる塩酸カリウムを入手してほしいとの依頼を信州の宮下から手紙で受けていました。あるじの医師・大石誠之助には秘密で、彼は薬局生という立場でひそかにそれを入手して、宮下に送っていたのでした。

互いに遠方にいる大石誠之助と幸徳の友情には、変わるところがありません。幸徳は、彼への手紙で、管野との関係をめぐる仲間うちでの孤立について、率直にこぼしたりもしています。しかしながら、彼らの知らないところでの新村忠雄の動きなども、のちに大石誠之助の立場を悪くします。

九月一二日、「朝日新聞」の連載小説、夏目漱石『それから』で、この千駄ヶ谷の家が巡査たちに取り巻かれている様子の噂話が、主人公の友人の新聞記者・平岡の口から、いくぶん滑稽めかして語られます。

けれど、

《これも代助の耳には、真面目な響《ひびき》を与えなかった。》

なぜでしょうか?

作者の漱石は、大まじめな政治談義など好んでいなかったにもかかわらず、「現代的滑稽の標本」としてのみ社会主義者と官憲の応酬を語ることを、どこかしら公正さを欠くものと感じていたようなのです。

安重根が、満洲のハルビン駅頭で伊藤博文を狙撃する、それよりひと月ほど前のことです。

牢獄の壁に記された物語のこと

一九一〇年に入ると、その二月から、紀州・新宮の大石誠之助は、「サンセット」という月刊の文芸雑誌を地元の親しい牧師と二人で出しはじめます。タブロイド判で、八ページだて、つまり、新聞のような形式です。大石が特に力を注いだのは、ロシア語、ドイツ語、また、ユダヤ人作家によってイディッシュ語で書かれたとされる海外短篇文学の翻訳です。いずれも、英語版からの重訳ということでしょう。

四月発行の「サンセット」第三号で、彼は、ドストエフスキー「僧侶と悪魔」という作品を訳しています。題名通り、正教教会の僧侶と悪魔、両者のあいだの対話によって成るものです。

教会の豪華な祭壇の上に立ち、きらびやかな法衣をまとった僧侶が、貧しげな労働者や農民を前に語ります。

――もっと献物を教会に納めよ。強権に服従せよ。地上の権門に反抗するなかれ。神の言葉にそむくことが、どれほど罪であるかを知っているか？　そう、悪魔が汝らを迷わせて、霊魂を試そうとしているのだ……。

こんな説教を僧侶が教会の壇上でしているとき、悪魔が、近くの路上を通りかかる。そして、自分の名前を僧侶が語るのを聞きとがめ、教会の窓から、その様子を覗くのです。やがて、僧侶がそこから出てくるのを悪魔は引っ捕らえ、つるし上げます。

《「こりゃ、小さい肥った教父！　汝《おまえ》は何故怖ろしい地獄の苦しみなどを描き出して、こんな憐れな迷うた人々を誑《だま》すのか？　汝は彼等がこの世の生活で既に地獄の苛責《せめ》を受けている事を知らないか？　現に汝だの国家の強権《オーソリチー》というものは、地上に於けるこの己《お》れの――即ち悪魔の――代表者だという事を知らないか？　汝が彼等を脅す道具にする地獄の苦痛《くるしみ》は、実際汝が作ったものではないか？　何？　わからない？　それじゃあ己れが知らしてやるから、己れについて来い！」》

そう言って、悪魔は僧侶の襟首をつかんで、労働者が炎熱のなかで働く鋳鉄所へ、農民が飢えと鞭《むち》に追い使われる畑へ、寒さと悪臭にみちている彼らの住みかへと、連れまわしていくのです。

《「そうさ、これが真実《ほんとう》の地獄だ。……」》

そうやって終わるのですが、この小説は、末尾に、こんな但し書きを加えます。

《この話は、自分が教誨師の説教《はなし》を聞いている間《ひま》に、ふと心に浮んで来たので、今これを監房の壁に書きつける。

一八四九年十二月十三日

一囚徒　》

おわかりになりますか？

この末尾の注記にある一八四九年一二月一三日という日付は、二八歳のドストエフスキーが、ここサンクトペテルブルクのネヴァ川の中州、あそこのペトロパヴロフスク要塞の牢獄に囚われていた時期の日付です。そう、ペトラシェフスキーの社会主義サークルに加わって、なにやら体制転覆のはかりごとをしたとして、彼にも死刑が言い渡される。あの事件のさなかです。

監房の壁に記されたという、この日付から九日後、つまり一二月二二日、ドストエフスキーらは練兵場に引き立てられて、二一人全員に死刑判決が言い渡されます。すると、そこに皇帝ニコライ一世の急使が駆けつけ、あらためて、刑を減じた別の判決が宣告されたという、そんな馬鹿げた、残忍なお芝居が仕組まれていた事件です。

つまり、ここにある「一囚徒」というのは、ドストエフスキー自身をさしています。彼が、判決を前にして、思いついた物語をペトロパヴロフスク要塞の牢獄の壁に記した。それが、この「僧侶と悪魔」なのだ、ということなんです。

実際には、そんなことって、ありうるでしょうか？

短篇とはいえ、いったいどれくらいの時間があれば、これだけの長さの小説を牢獄の壁にこっそり記すことができるでしょうか？

その上、看守たちの手で消されることがないようにするには、作家は、これを独房のどこの壁を選んで記すことになったでしょうか？

もちろん、そんなことはできるはずもありません。つまり、こういう設定そのものが、全体に小説作品としての趣向なのだ、ということです。

さらにもう一つ、注意すべき点があります。すでにお気づきかもしれません。実は、世間に流布するドストエフスキーの作品リストでは、彼が一八四九年に書いたもののなかに、この「僧侶と悪魔」にあたる文章は見当たらないんです。

なぜでしょうか？

米国のアナキズム活動家エマ・ゴールドマンらが出していた「マザー・アース」という雑誌があります。この「マザー・アース」一九一〇年一月号に、ドストエフスキー作“The Priest and the Devil"が載っています。つまり、大石誠之助は、これを英語から日本語に翻訳し、「僧侶と悪魔」という表題で「サンセット」第三号に掲載したんでしょう。大石は、この雑誌を船便で米国から取り寄せ、定期購読していました。米国東部で発行されるこの雑誌が、西海岸に運ばれ、そこから船便で日本に到着するまで、およそ一カ月というところでしょう。ちなみに、「マザー・アース」一九一〇年一月号は、記事をめぐるトラブルを抱えて、刊行が一月二九日まで遅れたこともわかっています。つまり、大石がこれを船便で入手してから、「僧侶と悪魔」を訳出し、四月一五日発行の「サンセット」第三号に掲載を間に合わせるには、かなりの手ぎわの良さが要求されたことでしょう。

振り返って、残っている問題は、ドストエフスキー作とされる"The Priest and the Devil"のロシア語によるオリジナルが、どこに存在していたのか、ということです。

手がかりは、どうやら「マザー・アース」編集の中心人物、エマ・ゴールドマンその人の著作のなかにありました。彼女は、この翌年、一九一一年初めに*Anarchism and Other Essays*という著書を刊行しています。そして、この自著のなかに、先の"The Priest and the Devil"のあらましを収めて、こんなふうに述べています。――この物語は、半世紀前の暗黒ロシアで、もっとも恐れられた牢獄の壁に書かれた。とはいえ、現在も、とりわけ米国の刑務所においては、事は変わっていないのだ――。

ふと、気づきました。ひょっとしたら、まさに彼女こそが、ここでのドストエフスキーなのではないか、ということに。つまり、彼女がドストエフスキーの名をかたって、“The Priest and the Devil”を創作したのではないかということです。エマ・ゴールドマン自身も、暗殺未遂事件の共犯者として捕らえられ、獄中生活を送ったことがありました。そのように考えると、先のような彼女自身の一文は、このことを強くほのめかしているように、いっそう思えてくるのでした。だとすれば、ドストエフスキー作とされる“The Priest and the Devil”は、この英語のヴァージョンこそがオリジナルなのであって、ロシア語の原文などはどこにも存在していない、ということになるでしょう。つまり、これは、言うならば、彼女によるドストエフスキーの代作《パスティーシュ》なのだ、ということです。そして、これを実行に移す資格、というより権利、いや、むしろ、やりとげる務めが自分にはあると、堅く彼女は自負してきたようなふしがあるのでした。

ひとつには、このエマ・ゴールドマンは、もともと、実はロシア語を自由に話せた人なのです。なぜなら、彼女は、リトアニア出身のユダヤ人で、一八六九年にコヴノで生まれ、一六歳で、ロシアからハンブルク経由で米国に渡った人だからです。つまり、年齢の上では、幸徳や大石誠之助と同世代です。そして、数知れない移民の女工の一人として、ニューヨーク周辺で働くようになったのです。

故郷の家のなかではイディッシュ語が話されていたかもしれませんが、彼女がロシア語をほとんど母語に近いものとして使いこなしていたことは確実です。なぜなら、彼女は、一三歳のときには、もう、ここ、ペテルブルクの街に出てきて、工場で働きはじめていたからです。

父親は、いとこがペテルブルクで営む織物商店の支配人でした。けれども、妻子が故郷からこの街に移ってきたとき、もう、その商売は破産していたんです。母親は、手編みの肩掛けが流行していることを教えられ、それを編む手間仕事を始めました。娘のエマ・ゴールドマン自身は、父のいとこが再起を期した手袋工場で働きました。絹の手袋です。高価な美しい品物なのですが、これを作る工場のなかには、すさまじい臭気がたちこめていたそうです。いくつか職場の工場を移って、一五歳のときにはコルセット工場で働きました。チェルヌイシェフスキーの『何をなすべきか』も、ツルゲーネフの『父と子』も、ゴンチャロフの『オブローモフ』も、これらの仕事のあいまを盗んで、この街で、ロシア語で読んだのだと彼女は述べています。

叔父は、皇帝アレクサンドル二世が一八八一年に暗殺されたあと、実行犯の「ニヒリスト」たちとの関係が問われて、この街で、あのペトロパヴロフスク要塞に投獄されていました。ドストエフスキーが、それより三〇年余り前に入れられていたのと同じ牢獄です。そして、容疑は似ていますね。幸い、エマ・ゴールドマンたちがこの街に移ってきたときには、叔父は生きたままペトロパヴロフスク要塞から引きだされ、すでにシベリアへと送られていました。

そのようにしてエマ・ゴールドマンという少女は、この要塞の景色を日ごとに遠く眺めながら、勤め先の工場に通ったんです。つまり、“The Priest and the Devil”――「僧侶と悪魔」で描かれているような、この街の貧しい民衆、それはいくらか彼女自身の物語でもあるわけです。

ですが、また、もう一つ、こんな指摘もあります。この「僧侶と悪魔」の物語の原型は、モスクワの絹織物労働者たちに歌い継がれていた俗謡のなかに見つけだすことができる、というのです。そうやって、さまざまなかたちに歌い替えられながら、この物語の起源も、ロシアの労働者たちの群れのなかに、遡って消えていきます。

実は、けさ、ホテルから、半分ほど凍りついたネヴァ川の橋を向こうまで歩いて渡って、ペトロパヴロフスク要塞の監獄を訪ねてきました。僕のような日本人からすると、ああいう施設は、なんとも奇妙な感じがします。高い防壁が島全体を取り巻いて、その要塞の中心部に、歴代の皇帝一族の遺骸を葬る教会堂がある。一方、その周囲には、たくさんの政治犯を閉じこめてきた獄舎もある。また、造幣局までありますが、ここの貨幣工場は三百年近く稼働して、いまでも鋳造を続けている、とか。

チケットを買うと、独房のなかまで入ることができました。クロポトキン、トロツキー、アレクサンドル・ウリヤノフ、ヴェーラ・フィグネル……。それぞれの独房に入れられていた囚人の名が、プレートに記され、房の出入り口ごとに掛けてある。看守の生き人形があったりもして、ぎょっとするんですが。

ただし、かつてドストエフスキーが囚われていた獄舎は、すでに取り壊されてしまっていて、もう、ないのだそうですね。囚人たちから、いちばん恐れられていた獄舎だったと聞きました。のちには、バクーニン、それから、チェルヌイシェフスキーも、入っていたって。

翻訳の自己訓練について

実は、幸徳秋水も、ドストエフスキー作とされる同じ"The Priest and the Devil"を訳しているんです。彼のほうは、この翻訳を「悪魔」という題にしています。

ただし、彼は、生前、この訳稿をどこにも発表しなかった。というより、発表するより前に、彼は「大逆事件」によって逮捕され、そして死刑に処されてしまった、と言うべきでしょう。

逮捕前から、幸徳は実質的に執筆禁止の状態に置かれていました。彼に執筆させると、その雑誌は必ず当局から報復的に発売禁止などの処分を受けるので、出版社としても彼に原稿執筆や翻訳を頼むわけにはいかなくなっていたのです。ですから、この翻訳原稿も、彼の没後、原稿用紙に書かれたままの状態で残されていたようです。だから、これがいったい何をテキストにして訳されたものなのかを、突き止めようとする者もいなかったのでしょう。没後一八年が経過してから、この訳稿は、著者「ドストエフスキー」、「幸徳秋水訳」として、左翼系の文芸雑誌「文芸戦線」一九二九年二月号に掲載されました。ただし、『幸徳秋水全集』でも、この訳稿は「翻訳年月不詳」と記されているだけで、翻訳テキストが何であるかなどについては、いっさい述べられていません。

翻訳の仕上がり具合は、先の大石によるものと、甲乙つけがたいように思います。どちらを取るかは、好みによる、かと。大石の訳で先ほど読み上げたのと同じ悪魔のせりふを、参考までに、今度は幸徳の訳で読んでみましょう。

《「ヤイ、この肥ったチビ和尚め、何だって貴様はこんな何も知らない貧民どもを、そんなに欺しやあがるんだイ。何だって貴様は地獄の者どもが現世でとうから地獄の苦《くるし》みを受けてることを知らないのか。貴様も、この国の権力者等も、皆な現世での乃公《おれ》の代人なのを、自分で気がつかないのか。貴様はアノ者どもを地獄の話で嚇《おど》しやあがるが、奴等に地獄の苦みを受《うけ》させるのは、貴様なんだ。貴様はそれが分らないのか。好《よ》し、ジャア乃公と一処に来やがれ」。》

大石と幸徳のあいだには、相手がすでに翻訳、出版した原著についても、あらためて自分自身で試訳してみるという暗黙の約束めいた楽しみがありました。ことに、クロポトキンの著作の秘密出版に携わったりしながら、互いにそういうことをしていたようです。こうした、なかば張り合いながらの翻訳の自己訓練は、これまで古い文語体での名文意識に縛りつけられていた幸徳の文体に、そこから解き放つ働きをもたらしていたことが見て取れます。

けれど、この“The Priest and the Devil”の場合、幸徳は、大石による翻訳を読んだ上で、自身も訳しはじめたのではないでしょう。なぜなら、それを可能にするだけの時間は、もはや幸徳に残されていなかったと思えるからです。むしろ、二人は、同じ「マザー・アース」一九一〇年一月号の誌上で“The Priest and the Devil”を見つけ、偶然にも、ともに興味を掻きたてられて、東京と新宮で、それぞれにこれを訳しはじめていたのでしょう。

「サンセット」購読申し入れ書

この一九一〇年の三月二二日、幸徳秋水と管野須賀子は、東京・千駄ヶ谷の自宅「平民社」を引き払って、熱海に近い湯河原温泉の天野屋旅館に移ります。重なる出版弾圧で、高額の罰金などもりに積もって、もはや二人は罰金代わりの換金刑での服役しか、そこから解放される手だてがないまでに追いつめられていました。けれど、両人ともに持病の結核で体力も落ちていて、大体がもつかも危ぶまれます。そこで幸徳は、親しい友人から勧められ、温泉地に引き籠もって大衆向けの歴史読み物を書くことにしたのです。書き上げれば、その友人が出版社とのあいだに立ち、ある程度まとまった額の収入をもたらしてくれるはずでした。管野が、湯河原から三月二九日付で、新宮の大石誠之助に宛てて出したハガキが残っています。

《こんな山の中で御座います。湯疲れで閉口致しております。秋水の著述が完成するまで止まるつもりで御座います。サンセット二号一部御送り下さいませんか。一号頗る面白く拝見致しました。近日短いものを投稿致します。》

大石たちが新宮で刊行している「サンセット」の第二号、その刊行日は三月一五日です。それを送ってくれるように頼んでいます。これを書いているのが、もう三月末近くなのですから、当の雑誌が幸徳たちの手に渡るのは、四月に入って、ある程度経ってからのことになるはずです。大石訳のドストエフスキー「僧侶と悪魔」が掲載されるのは、それのさらに次の「サンセット」第三号なので、発行日は四月一五日です。この調子で両地からのやり取りが続くとすると、それが幸徳たちの手に渡るのは、早くとも五月上旬だろうと考えるべきでしょう。もはや管野は、換金刑の入獄準備のために、幸徳のもとを離れて、東京に向かっている時期です。

幸徳がその「サンセット」誌上で大石の訳文を読み、それから“The Priest and the Devil”を訳しはじめて、六月あたまの自身の逮捕までに完成させておくのは、当時の彼らの状況では難しかったでしょう。

大石も、六月五日には新宮で身柄を拘束されます。そして、もう、このまま、彼らは死刑に処せられるまで、釈放されることはありません。

聖職者を批難できる悪魔の立場について

大石誠之助も、幸徳秋水も、ともに"The Priest and the Devil"をドストエフスキーの真作だと信じ、これを翻訳していました。重要なのは、このことです。ドストエフスキーのものだと信じることなしに、彼らが、この作品を選んで訳すことはなかったのではないかと思えます。この作家が獄中の壁に書きつけた作品であるとの趣向は、それほどまでに強く、彼らに喚起するものがあっただろうと、想像がつくからです。

当時、ドストエフスキーの作品のイメージとして、彼らにもっとも強くあるのは、ヨーロッパでも広く知られる『貧しき人びと』と『罪と罰』だったはずです。そして、彼ら自身、テロリストと紙一重のようなところに身を置いてもいるんですから、気になるのは、とりわけ『罪と罰』のほうだったでしょう。

いま、この世界に行なわれている巨大な不正、あるいは不公正。わが身に、鋭い痛みとして、人間はそれを感じることがあります。だからこそ、わが身を投げだすことを代償に、もしもそれが止められるなら、そのようにしたいという気持ちは、誰のなかにも生じうる。幸徳、大石の身辺、つまり、管野須賀子やその若い仲間が抱いていたのも、そうした衝動だったのかもしれません。

だけど、実際には、その願いが果たせる余地など、ほとんどないのです。巨悪を倒したいと考えたとしても、それはひとつの観念にすぎないので、目の前に具体的な姿をともなって現われてくるのは、せいぜい、がめつい金貸しの老婆くらいのものなんです。なぜなら、ほとんどの悪は、金貸しの老婆ほどわかりやすいしかたで、この世に存在してくれてはいないからです。

だからこそ、この贋ドストエフスキーの作品“The Priest and the Devil”でも、聖職者の悪徳をあばいて批難できるのは、まさに、その親玉である悪魔だけだったりもするわけです。これは、とてもよくできた話ですよね。それを「マザー・アース」に掲載したエマ・ゴールドマンは、みずから戦闘的で、急進的な政治思想の持ち主でした。そうでありながら、こういう認識を抱いていることが、彼女自身の独善的な暴走に歯止めをかけてもいたのでしょう。

古代インドの経典で、神から人に対して投げかける問答に、たしか――憎しみなしに殺せるか？　それができれば、汝は勝者となるであろう――といったくだりがあったと思います。

たしかに、そうなんです。しかし、もしもそのようにできるとすれば、それはすでに人間としての境涯を踏み越えてしまっている。そのことをどう考えるのか？

ある程度の歳月、人生というものを経験すると、おのずとそういう二律背反、背中合わせの問いの形が、おりおりに見えてきます。しかし、だからといって、そこには手を伸ばさずに、このままでよいのだ、ということでもない。大石誠之助が、静かに読書にふけりはじめて、これからは文学に取り組んでみたいという希望をもっていたと伝えられているのは、そこから、さらに考えてみたいということだったのだと思います。

「あれは黄色人種ですからね」と、ドストエフスキーは語る

ひとつ、余談をはさんでおきましょう。

ドストエフスキーその人が、晩年、日本に興味を寄せていたのは確かなんです。一九世紀後半から、ここ、ペテルブルク大学で、日本人教師が日本語を教えていたことは、先ほどもお話しした通りです。エマ・ゴールドマンがこの街で働きはじめた一八八二年の時点で言うと、日本人教師は安藤謙介でした。この安藤が、若いころ最初にロシア語を学びはじめたのは、宣教師ニコライが東京に開いたロシア語学校だったということにも、僕はちょっとだけ触れたと思います。

この宣教師、ニコライ・カサートキンは、やがて明治期なかばの東京に、正教の大聖堂を建てることになる人物です。立派なドーム屋根を備えた建物で、日本ではいまも「ニコライ堂」と呼ばれて有名です。夏目漱石の『それから』にも、ここで深夜に営まれる壮麗な復活祭の様子が出てきます。漱石のいわば門弟となっていたセルゲイ・エリセーエフも、ロシアの良家の子弟とし

て、東京での留学生活中には、おりおりにニコライのもとに出入りしていました。ニコライ自身は、一八六一年、二四歳で日本に来て、一九一二年に七五歳で亡くなるまで、ずっと日本での布教に尽くした人です。ロシア本国では「日本のニコライ」と呼ばれていたそうですね。日本での伝道を始めて半世紀あまりのあいだに、彼はたった二度しか故国ロシアに戻りませんでした。最初は、日本に宣教団を設立する許しを得るため。そして二度目は、大聖堂を東京に建設する資金を集めるためでした。

伊藤博文とも早くから面識があり、ニコライは、その国葬にも参列する巡りあわせとなります。彼の日記が日本語にも訳されているので、前後のところをいくらか読んでみましょう。日本で暮らすあいだもニコライ自身はロシア暦を用いたのですが、ここでは西暦にしておきます。

一九〇九年一〇月二六日、火曜。

《夕方五時ごろ、外で「号外《ゴオグワイ》」と呼ばわる声が聞こえた。何があったのか。伊藤公爵がハルビンで朝鮮人に殺された。(中略)

残念だ。伊藤は、現代日本の最も優れた指導者だった。》

一〇月三一日、日曜。

《伊藤公爵とは、実際に会う機会は少なかったが、三六年も前からの知り合いである。それで、きのう、大磯の彼の家にお悔やみ状を送らねば、と思った。アレキセイ大越老人にそれを持っていかせた。先方はたいへん丁重に、好意的に受けとってくれた。(後略)》

一一月四日、木曜。

《伊藤博文公爵の葬儀が執り行なわれた。わたしは九時一五分ごろに人力車《ジンリキシャ》で日比谷公園へ向かった。(中略)

一〇時、霊南坂の伊藤公爵の公邸を出て、こちらに近づいてくる葬列の音楽が聞こえてきた。葬列を先導するのは、軍隊の列である。

葬儀がはじまった。静かな悲しい音楽(もとは古代中国の音楽)が奏された。故人のたましいが、盲目のままあの世に移ってしまったことを、真の神の光を見ることもなく、天の父の愛で暖めてもらうこともないままあの世に移ってしまったことを、嘆いて泣いているようだった。》

最後のくだりに、正教の宗教人として、彼の信仰観もはっきり表れているようです。信仰に帰依することなく人生の終わりを迎える人は、そのことにおいて憐れみの対象ではあるにせよ、神の愛を受ける立場ではありえません。伊藤博文のためにも、ニコライはこれを悲しんでいるのですね。

これに五年余り先だつ日露開戦のさいには、ニコライたちも、日本社会からの激しい敵愾心にさらされました。にもかかわらず、ついに、彼はロシアに戻ることを選びませんでした。すでに老齢で、この決心に至るまでの悩み苦しみ、内心の動揺も、率直に日記で述べています。それでも、彼が行きつく結論は、「ここでのわたしは、ロシアに仕える者ではない。キリストに仕える者だ」ということでした。

ですが、ともに宗教活動にあたった日本人たちを前に、彼は、「しかし、戦争が終わるまでは、みなといっしょの聖体礼儀に加わることはしない」とも告げています。「だから、あなた方だけで聖体礼儀を行ないなさい。そしてあなた方の天皇、その勝利などのために真心をこめて祈りなさい。祖国を愛するのは当然であり、その愛は神聖なものだ。救世主ご自身も、その地上の祖国を愛し、エルサレムの不幸な運命に涙された。」

また彼は、このようにも日記に書きつけます。

「わが哀れな祖国よ、おそらく、おまえは打たれ罵られるに値するのだろう。なぜ、おまえの統治はこれほどまでに劣悪なのだ。なぜ、おまえの指導者たちは、どの分野においても、それほどまでに劣っているのだ。」

ニコライは、社会変革をめざす人ではありません。迫り来る社会主義革命にも、くみするつもりがなかったことは明らかです。ただし、彼は、国家という観念が、人の心の宗教的領域にまで、その植民地を広げることを認めてはいませんでした。日本人たちは、自分たちの天皇のために祈りなさい――。彼が、そのように勧めているのは、それでも、自分自身の聖体礼儀のありかたは明け渡すつもりがないからです。こちらこそが、彼には自明のことなのです。

ドストエフスキーが、ニコライを訪ねたのは、さらにずっと歳月をさかのぼり、一八八〇年六月。日本からロシアへの二度目の――つまり、生涯で最後の――帰国のときで、東京での大聖堂建設の資金集めに彼が走りまわっている最中でした。ニコライは、このとき四三歳。かたや、ドストエフスキーは五八歳で、『カラマーゾフの兄弟』を雑誌に連載している時期でした。新聞で「日本のニコライ」が帰国中であることを知り、ドストエフスキーは彼との面会を求めて、モスクワにある宿舎の寺院を訪ねていくんです。

日本についてのドストエフスキーからの質問を、ニコライは日記に書き留めます。

「あれは黄色人種ですからね。キリスト教を受け入れるにあたって何か特別なことはありませんか」――。

なぜ、こんなことをわざわざ訊きにいこうとしたのかは、わかりません。どんな回答をしたかについても、ニコライは記しませんでした。奇異な質問だと感じて、書き留めておいただけのことかもしれません。

それでも、ドストエフスキー当人は、この面談から満足を得たようです。妻のアンナ宛ての手紙で彼は記しました。

《あの人たちと知りあって気持ちよかった。……そして、わたしの訪問が彼らに大きな名誉と幸

福をあたえた、と言ってくれた。わたしの作品も読んでいる。》

一方、ニコライは、面談中のドストエフスキーの様子を日記で述べています。

《……有名な作家フョードル・ドストエフスキーが来ていて、会った。……やわらかみのない、よくあるタイプの顔。目がなんだか熱っぽくかがやいている。かすれた声、咳をする（肺病のようだ）。》

その翌年、一八八一年三月、皇帝アレクサンドル二世は、急進化してナロードニキのグループから分かれた「人民の意志」党のテロリストたちによって、二発の爆弾を投げつけられて、ペテルブルク市内で暗殺されます。このとき、イコン画修業のため、宣教師ニコライによって日本から送り出された女子画学生・山下りんは、この街のネフスキー大通りのホテルに到着したばかりで、大きな爆発音を聞いています。山下りんは満二三歳、そして、テロリストたちを現場で指図した女性指導者ソフィア・ペロフスカヤは満二七歳でした。また、ひと月ほど前に、五九歳のドストエフスキーは同じ街の自宅アパルトマンで急死していました。

一三歳のエマ・ゴールドマンがケーニヒスベルクから引っ越してきて、この街の手袋工場の女工となって働きだすのは、さらにその次の年のことでした。

アキレウスは亀に追いつかない

一九一〇年、幸徳や管野の身辺のことに戻りましょう。この年に入って、彼らの身近なところに、新たな要素がもう一つ加わります。二月に、荒畑寒村が刑期を満了して、千葉監獄から出所するんです。でも、しばらくは、ぐずぐずして幸徳や管野の前に姿を現わす決心がつかずに過ごしました。ただ、大阪に出むいたおりに、拳銃と銃弾を手に入れていました。

幸徳と荒畑は、年齢差にして、一六違うわけです。このとき、荒畑は満二二歳で、幸徳は満三八歳です。その上、荒畑にとっては、彼が一七歳になろうとするとき初めて「平民社」を訪ねて以来、幸徳という存在は、ずうっと、その急進派のトップにいる。そういう男と、一人の女をあいだにはさんで、向きあわないといけない。学問でも、弁舌でも、経験でも、勝ち目がない。たいへんな気後れです。ピストルは、そういう自分を励ます道具でもあったでしょう。

荒畑は、自分が一年半ほど監獄に入っているうちに、外の世間は娯楽まですっかり変わったことに、衝撃に近いものを受けています。たとえば浅草では、玉乗り、剣舞といった小屋はほとんど見られなくなり、映画の常設館が軒をつらねるようになっています。友人の一人は、みずから作った劇団で上演しようと、ゴーリキー『どん底』を翻訳している最中でした。荒畑は、横浜遊郭のにぎわいのなかで育ちました。最初、生家の家業は、仕出し料理屋、そのあと客と女たちが酒食する茶屋に転業しました。荒畑は、この家業を嫌って、一〇代前半のうちに港の外国商館でボーイとして働きはじめて、キリスト教会に通い、やがて宣教師から洗礼も受けました。にもかかわらず、歌舞伎なども好きでした。また、彼の持ち前である、女たちに対するかわい気も、こうした幼いうちに身を浸した文化から影響されるところがあったかもしれません。盛り場のにぎわいかたの変化にも、そのような素地が、彼を敏感に反応させているようです。

五月に入ると、拳銃を着物の懐にしのばせて、彼は湯河原温泉に向かおうと、汽車に乗りました。小田原から先は、熱海行きの軽便鉄道に乗り換えます。三年前、初島での転地療養に出むく管野須賀子を見送りにきたときには、まだ、人夫が客車を押す人車鉄道だったのですが、いまは小型の蒸気機関車が客車を牽いていきます。

湯河原駅で降り、渓谷の上流部にある温泉地へと、脚を速めていきました。とはいえ、ためらう気持ちも、やはりあります。ですから、思いなおして、べつの旅館でひとまず一泊し、気を落ちつかせてから、二人が滞在する天野屋旅館に向かうことにしたのでした。思っていたより、そこは、よほど立派な造りの旅館でした。

気持ちを決めて、玄関で女中に案内を頼みましたが、両人とも、それぞれ用事で東京に出かけていて、留守にしているという返事でした。管野のほうは、実は、先にも述べたように、重なる罰金を換金刑で清算しようと決心して、東京に向かったところだったのです。彼女は、この機会に新村忠雄らとも会合し、天子襲撃に向けて、入獄前の最後の打ち合わせも済ませておくつもりでした。

荒畑は、襲撃が不発に終わったことで、気持ちの持っていきどころを失って、全身の力が抜けたような心地で、とぼとぼと海岸線のほうを目ざします。懐中には帰りの汽車賃もなかったのです。浜辺を歩くうちに、日は暮れはじめ、小田原あたりにかかるころには雨が降りだしました。

海岸の黒く湿った砂の上にしゃがみ込みます。懐の拳銃を取り出して、銃口を額にあて、引き金に指をかけました。人差し指を一気にひこうとするのですが、思い切れません。気持ちを奮い立たせて、幾度かやりなおそうとしたものの、無理なのでした。

この月の二五日、「大逆事件」関係者の検挙が始まります。

信州の宮下太吉をはじめ、あやしいとにらまれている連中には、すでに地元警察の厳しい監視がついていました。

宮下は、部下の元旅役者の職工を抱き込んで、何であるかは教えないまま、爆弾の材料を預けていました。自分が監視されていることは、彼自身も気づいていたからです。けれど、ふとしたはずみで、その男の女房とのあいだに男女関係が生じて、それが重なるにつれて、宮下には、彼女の旦那である部下の男に対して、負い目とも対抗心ともつかない気持ちがつのってきました。彼は、とうとう、この男にむかって、預けているのが爆弾の材料であるとの告白をして、これを誰かに漏らすことがあれば、君も自分も工場長もみんな死刑になるのだ、と言って脅しました。

人は、自分ひとりで大きな秘密を抱えつづけることに耐えられなくなることがあります。どのようにしたところで、宮下は、いずれ誰かにこれを打ち明けることになったでしょう。

五月二五日午後、信州・明科の工場で、工員・宮下太吉が逮捕されました。続いて、同じ信州・屋代町で、新村忠雄と、事情を知らないまま、彼から頼まれて火薬の材料を挽くための薬研の調達を手伝った兄の新村善兵衛が逮捕されました。また、彼らが、東京・滝野川の園丁、古河力作と連携を取っていることも判明し、すぐにその男も逮捕されました。宮下、新村忠雄、古河の三名は、いずれも、爆弾を用いてのテロ行動について、かねて管野須賀子と協議してきた男たちでした。さらに、宮下に頼まれ、事情を知らずに爆弾用のブリキ缶二四個を作ってやった同じ工場の職工、新田融も逮捕されました。

幸徳秋水が、湯河原の旅館、天野屋の近くから連行されたのが、六月一日。管野須賀子は、すでに換金刑のために東京監獄に入っていたので、あらためて検挙されるということはありません。六月二日、彼女の身柄は東京地裁に送られて、天皇暗殺の謀議を行なったむねの取り調べが始まります。

一方、紀州・新宮での大石誠之助の検挙は、六月五日。続いて、彼の身近にいた高木顕明、成石平四郎、峰尾節堂、崎久保誓一、成石勘三郎が、次々と逮捕され、東京へと身柄が送られました。

むろん、これらの件にいっさい接点がなかった荒畑寒村は、このたびは捕まらずに済んだわけです。今度は、彼だけが獄外に取り残されたようなかたちになりました。

これはこれで、荒畑にはつらい夏であったに違いありません。彼は、この迫害をもたらした元凶、首相の桂太郎を斃そうとの決意に、一人でのめり込みます。

桂太郎が、日光御用邸に滞在する天皇のもとに近く赴くという新聞記事を読み、荒畑は、彼が東京に戻る日程も知りました。桂が東京に帰りついたところを襲おうと荒畑は考え、自分の重大な計画を打ち明けに、銀座の新聞社につとめる親友のところに出むきます。その友人が、ばかなことをするな、と止めてくれたらよかったのですが、決行の日には必ず君の志を報じてやると、あべこべに励まされたものですから、もう引っ込みがつきません。

荒畑は、また懐に拳銃をひそませて、桂首相が帰着する東京・上野駅で待ち受けます。真夏なのに、体は震えつづけました。とはいえ、駅構内は警官が十重二十重に厳重な警戒線を張って、容易に近づけさせてくれません。警護の人垣のあいだから、荒畑は、桂の特徴ある丸顔の童顔を、ちらっと、かろうじて目にすることができました。しかし、桂は馬車に乗りこみ、たちまち駆け去っていってしまいました。

「材料」として進呈

夏目漱石が「朝日新聞」紙上で連載していた『門』の原稿執筆を脱稿するのは、こうした「大逆事件」の検挙のさなか、一九一〇年六月五日のことでした。ちょうど、大石誠之助が警察署に再度出頭を求められて、そのまま身柄を拘束されるのと同じ日のことです。

『門』の舞台背景となる日時は、伊藤博文暗殺の数日後の日曜日、つまり、一九〇九年一〇月三一日に始まって、翌一九一〇年四月のある日曜日に終わるように想定されています。この結末部分で、主人公・宗助は、勤め先の役所で囁かれた人員削減もどうにか切り抜けて、わずかながら月給も上がり、暮らしにささやかな平和が訪れます。おだやかな春が来ていて、その家の部屋で、主人公の夫婦が、こんな会話を交わすところで、小説は終わります。

《お米は障子の硝子《ガラス》に映る麗《うらら》かな日影をすかして見て、

「本当に難有《ありがた》いわね。ようやくのこと春になって」と云って、晴れ晴れしい眉を張った。宗助は縁に出て長く延びた爪を剪《き》りながら、

「うん、しかしまたじき冬になるよ」と答えて、下を向いたまま鋏《はさみ》を動かしていた。》

漱石の旧蔵書を保管する東北大学附属図書館の漱石文庫には、満洲日日新聞社刊『安重根事件公判速記録』が残されていて、贈呈者からの「材料として進呈　夏目先生　伊藤好望」という為書きのサインが付されているのだそうです。伊藤好望というのは、漱石の満洲行きの交渉に直接あたった当時の満洲日日新聞社長、伊藤幸次郎の別名です。いや、もう少し正確を期して言うなら、この本を送ったとき、伊藤はすでに満洲日日新聞の社長ではありません。彼が二代目社長に就いてからも、満洲日日新聞の経営状態は、期待されたほど向上することがなかったらしく、この一九一〇年一月、彼は社長を辞任しているのです。なんだか、漱石を満洲旅行させるために、その期間だけ社長をつとめたかのように見える人物なんです。

この『安重根事件公判速記録』の奥付、つまり刊行日は、一九一〇年三月二八日、これは、安重根への処刑が行なわれてから、わずか二日後の日付です。漱石の『門』の連載は、すでに三月一日から始まっていました。

ここに記された「材料として進呈」という為書きの言葉は、『門』の連載第八回で「お米もつまりは夫が帰宅後の会話の材料として、伊藤公を引合《ひきあい》に出す位のところだから」とある、その「材料として」に掛けられているのだろうと言われています。つまり、伊藤公暗殺が、宗助夫婦のあいだでは、食卓での会話のための「材料」ほどにしか話題に上らないという、そのくだりです。ささいなことかもしれないのですが、国策会社である満鉄の系列会社・満洲日日新聞の前社長が、自身の更迭後に、あえて軽口でこんなことを言っているところに、当時の満洲の日本人社会を行き交う、ちょっとした謀反気のようなものも感じさせられます。

針文字と針文字

幸徳も管野も、すでに獄にあります。

そのさなか、六月二一日付の「時事新報」の紙面に、こんな報道が現われました。幸徳、管野の「自由思想」発売禁止をめぐる裁判で弁護士をつとめた横山勝太郎のもとに、このたび不思議な手紙が封書に入って届けられたというのです。一見したところ真っ白な一枚の紙なのですが、よく見ると、針で刺したような細かな穴が点々とたくさんあいていて、背後に黒い紙でも当てると、はっきりと文面が読み取れる、と。翌二二日付の「時事新報」に、その手紙の写真も載っています。読みますと……、

《麴町区一番町　横山勝太郎様
　　管野須賀子
爆弾事件ニテ私外三名近日死刑ノ宣告ヲ受クベシ

幸徳ノ為メニ何卒御弁ゴヲ願フ

切ニく

六月九日

彼ハ何ニモ知ラヌノデス》

今回の爆弾によるテロ計画に関して、幸徳は何も知らなかったのだと訴え、あわてて彼への弁護活動を獄中から密かに懇願する、管野須賀子からの――少なくとも、そのように名乗る――文面です。これが入っていた封筒の表書きは、この〝針文字〟とは違う男手の文字で墨によって書かれていて、差出人の名はなく、ただ一一日という日付だけが記され、切手には郵便局の消印があったといいます。

しかしながら、受け取った横山勝太郎は、その事実を新聞記者に漏らし、これが掲載されるに至ったらしいのです。

新聞「日本」も、この報道を追いかけて、記者なりの推測を述べています。それによると、社会主義者が着物に通信を縫い込むなどのさまざまな方法で監獄の外と連絡を取るのはありうることで、今回も、管野が看守などから手に入れた紙と針で手紙を書き、放免される同房の者などに託してそれを持ち出し、外部の呼応者が郵送したのではないか、と推測しています。たしかに、当時、「爆弾事件」で「私外三名」が「死刑」判決を受けようとまでは、外部の者にはまだ知りようのない事柄であったでしょう。

杉村楚人冠は、これに対して、ただちに「東京朝日新聞」の記者として、「公開状　弁護士横山勝太郎君に質す　楚人冠」という記事を同じ月二三日付の紙面に書いています。

「今日の二、三の新聞紙には管野すが子が獄中から弁護士横山勝太郎君に与えたという書面が出ている。横山君が漏したものに相違ない。これを漏しても管野すが子の迷惑にはならぬことと横山君は考えたのであろうか。また他の信頼に背いて、かくの如き密書を他に洩らすことを横山君は別に不徳と考えなかったのであろうか。僕はこの二点に関する横山君のお考えを拝聴いたしたい。六月二十二日」

現在の時点から推測すれば、このとき、横山弁護士は、ともかくもこれを新聞ダネにすることで、自身は「大逆事件」の弁護人を引き受けるという危険から身をかわしたかったのかもしれません。当時の日本の刑法で、皇族暗殺を謀る大逆の罪には、「死刑」以外はないのですから、管野からのただならぬ文面は、明らかにそれを示していると見えたでしょう。

彼ら社会主義者、無政府主義者に対する風当たりが猛烈につのるなかで、ただちに、こんな抗議を公にした杉村楚人冠は、勇気ある人物だったと言わずにおれません。少なくとも、彼は、かつて「平民新聞」に寄稿し、ともに非戦論に立った一人として、そのときの仲間への志操と友情を保ったわけです。また、自社の記者にこれを表明させた「東京朝日新聞」も、このときには勇気があったと言うべきでしょう。新聞社が今日のような巨大組織になってしまうと、これと同じ態度を保ちつづけることは、なかなか難しいように思います。

これ以後、さらに、横山弁護士と杉村楚人冠のあいだに若干のやりとりが新聞紙上で生じます。けれど、それについては略しましょう。

話は、それから百年後へと、いったん飛びます。

杉村楚人冠は、その後半生、首都圏郊外の千葉県我孫子という静かな町に自宅を構えて過ごしました。旧宅に残された諸資料に対して、本格的な調査・整理が進んだのは、没後半世紀以上がたった二一世紀に入ってのことです。このさい、杉村の旧宅の居間にある書棚から、一通の封筒が見つかりました。そのなかに、十数通の書簡類がまとめられていたのですが、それらにまぎれて、きちょうめんに一六折りにされた一枚の薄手の白い紙があったのです。

広げてみると、それは、およそ百年前の獄中にあった管野須賀子から、杉村楚人冠に宛てた、もう一通の〝針文字〟による手紙だったことがわかりました。その文面は、はっきり、このように読み取れたのだそうです。

《京橋区瀧山町
朝日新聞社
杉村縦横様
管野須賀子

爆弾事件ニテ私外三名
近日死刑ノ宣告ヲ受クベシ
御精探ヲ乞フ
尚、幸徳ノ為メニ弁ゴ士ノ御世話ヲ切ニ願フ
六月九日
彼ハ何ニモ知ラヌノデス》

杉村「縦横」というのは、これも楚人冠その人の別号です。かつて、「平民新聞」に寄稿したころは、この「縦横」の号を使っていました。ですから、こちらの名前のほうが、管野にとっても親しく感じられるものだったのです。

手紙の日付は、「六月九日」。かねて知られていた横山勝太郎弁護士宛の〝針文字〟の手紙と同日です。つまり、かつて横山弁護士に対し、杉村が強い調子の「公開質問状」を発したとき、実は、すでに彼自身の手もとにも、こちらの〝針文字〟が届いていたはずなのです。

そして、「御精探ヲ乞フ」。

彼宛の手紙には、横山宛のものにはない、この一語がありました。――よく調べてみてください、お願いします。――と、管野は、そこで、低く、すがるように叫んでいます。

また、ここでも「幸徳ノ為メニ弁ゴ士ノ御世話ヲ切ニ願フ」と書いています。横山勝太郎に頼

むだけでは、管野にはなお不安だったことがわかります。

けれど、何ができるでしょうか？　杉村も、指一本すら動かすことができなかった。そのことを、彼は誰にも語らず、この一六折りに畳みこまれた手紙のように、ただ、静かにしまっておいたのでしょう。その苦しみの一端が、百年を越えて、ここに現われ、甦ってくるまでは。

幸徳の逮捕とそれからの取り調べの進みかたには、管野も、強い衝撃を受けていました。自分が選んだ行動を悔いてのことではありません。ただ、こうした行動が引き起こす結果について、自分の考えが及んでいなかったところがあり、それがもたらす残酷さを嚙みしめねばならなくなったということです。これまで管野は、天皇に爆弾を投げつけようという計画に幸徳を強く誘ったことはなかったし、すべての計画を打ち明けたわけでもありません。なぜなら、彼女は、幸徳がさらにものを書いていくことを望んでいるのを、理解していたからです。

ただし、そのさい、管野が充分考慮に入れていなかったのは、彼女自身は社会的にほとんど無名だが、幸徳のほうにはすでに名声があるということです。その名声ゆえにこそ、これほどやすやすと幸徳が「大逆事件」の主導者に仕立て上げられていくことになろうとは、彼女は想像していなかったのです。

独立門の場所で

もう三〇年も前のことなのですが、いまでも、真冬の韓国、ソウルの拘置所で差し入れの長い行列に加わったときのことを思いだすことがあります。拘置所が背にする山には、ごつごつと岩肌が剝きだしていて、そのずっと上のほうまで、貧しい人びとの粗末な家屋が屋根を寄せ合っていました。こうした立地にひしめく貧乏な集落を、現地の人たちはタル・トンネ、つまり「月の町」と呼ぶのでした。高い場所にあるので、下の平地でほどほどの生活を営む市民たちの家並みより、ずっと空の月に近い町、そういう意味です。

その拘置所は、日本支配が深まっていく植民地初期に監獄として建てられ、以来ずっと使われてきた、大きな施設です。赤煉瓦に漆喰、屋根の高い建物が、いくつも見えていました。といっても、高い塀やフェンスで、あちこち視界が阻まれているので、全景が見渡せることはありません。そこの列に並んでいる人たちは、妻らしい女性であったり、老いた母であったり、もちろん男性もいます。白い息を吐き、手袋をこすりあわせ、誰もが地味な色合いの上等とは言えない衣服で、差し入れのために持参した包みを抱えるようにして立っていました。

差し入れの窓口の係官たちは、どの人も妥協のない、てきぱきと厳しい姿勢で職務にあたっていました。下着などの衣料の差し入れは、一枚一枚を、きちょうめんに電気スタンドの光にかざして、細部を確かめていきます。折り返しなどの部分に、何か縫い込んで隠していないか、そうやって入念に調べるんです。あやしいとにらんだ部分は、糸を切ってほぐしてしまうので、綿入れの衣料のたぐいは、使い物にならなくなる。ですから、そういうものは、拘置所付属の売店で金を支払って、最初から差し入れ用に作られた官製品を未決囚のもとに届けてもらうしかありません。

いや、ここの施設にいたのは、未決囚だけではありませんでした。死刑囚たちも、ここにいたのです。日本と同じく、死刑囚の処刑は拘置所で行なわれていたからです。

本の差し入れにも、窓口は厳しい。在日韓国人で母国留学中に捕まった人たちは、そうやって獄中に入ると、もはや、日本語の書籍が入手しにくいんです。ですから、彼らには日本から本を持ち込んで、差し入れました。係官は、そんな本も、一ページずつゆっくりとめくっていきます。それほど日本語が読めるわけではないと思うのですが、彼らは漢字教育も受けた世代なので、ある程度の見当はつけやすかったのだと思います。積み上げた一冊一冊について、たとえ時間がかかっても、……これはよし、……これはだめ、……これはいいでしょう、と判定していく。

いまも覚えているものでは、たとえば、鎌田慧『自動車絶望工場』という本を差し入れようとしたんです。トヨタの自動車工場で著者が季節工として働いて書いたルポルタージュだったと思います。この本は、差し入れを許可できない、と言われました。労働問題の本は、だめだと。

それから、『ルパン対ホームズ』。怪盗アルセーヌ・ルパンのシリーズもの、推理小説ですよね。これも、差し入れは許可できない、と。脱走のヒントになるかもしれないものは、差し入れることができないんだ、ということでした。

一方、オストロフスキー『鋼鉄はいかに鍛えられたか』。これは、ロシア革命の時代を描いたプロレタリア小説みたいなものですよね。僕も読んだことはありませんが。ただ、託されて、持っていってみたんです。この本については、あっさり、差し入れが許されました。

当時、韓国は、反共国家です。反共法、国家保安法という法律もあって、これによって罪に問えば、政治犯を死刑に処すことができるものでした。そのころだと、金大中が死刑にされかけていた。

だけど、差し入れの許可、不許可は、そういった法に基づいて決まる、というのでもないようでした。なんというのか、もっとシンプルで現実主義的な、現場としての判断基準が、係官たちにあったのだと思います。つまり、その本を読むことによって、入所者が獄中で問題行動を起こすような本は困る、と。おおざっぱに言えば、そのようなことだったのではないか。

だとするなら、入所者が、フランスの恋愛小説を読もうが、昔のソヴィエト連邦のプロレタリア小説を読んでいようが、拘置所の管理・運営にあたる者としては、そんなことはどうでもいい。それよりも、獄中でストライキみたいなことを起こされたり、脱走を図られたりするほうが、はるかに困ると。拘置所の当局としては、そういう現実的な判断に徹していたんじゃないかと思います。

拘置所から外に出ると、すぐ前に、「独立門」と呼ばれる、パリの凱旋門に似た、古く立派な石造りの門がそびえていました。

韓国では、かつての日本統治時代を「日帝時代」と呼びます。一九一〇年から四五年まで、日本帝国によって支配された時代、という意味です。その「日帝時代」にまさに差しかかろうとする時代に造られた拘置所の前に、さらに古そうな「独立門」が立ちはだかる光景には、どこか奇妙な感じを受けました。とても古そうな門だけれども、植民地時代、日本政府の朝鮮総督府は、これを撤去しようとはしなかったのだろうか？　と。

実は、現地で教えてもらったんですが、この「独立門」は、日本からの独立を讃えるためのものではなかったのだそうです。もっと前の時代、中国の清朝に対する朝鮮の「独立」を意味するものとして、建てられたのだと。

一九世紀終わり、日清戦争は、日本と清国とのあいだで、朝鮮をはさんで、そこへの覇権をめぐってたたかわれた戦争でした。つまり、そのとき日本が掲げた大義は、清国による従来の朝鮮支配を打ち破り、朝鮮王国の「独立」を擁護する、ということでした。ですから、この戦争に日本側が勝利した記念に建てられたのが、あのソウルの「独立門」だったわけです。

「独立門」を竣工させて、朝鮮王国は国号を「大韓帝国」と改めます。一八九七年のことです。

つまり、こうして朝鮮が「帝国」を名乗ることには、清国による封建支配からの独立が達成された、という意味が託されているのでした。

　この、国の「独立」というモニュメントの存在は、これ以後のそれぞれの社会で、喜ばしい建前として使われてきました。たとえば、日本による植民地支配下では、中国の支配に対する朝鮮の「独立」を記念していることにおいて。また、第二次大戦後、日本の植民地支配からの解放の時点で、それは文字通り、帝国主義からの祖国「独立」の響きも帯びるようになりました。大韓民国の樹立後も、そのことに変わりはないわけで、ですから、いまに至るまで、「独立門」はずっと保存されてきたのでしょう。

　かつてのソウル拘置所は、もう、いまは使われていません。そして、美しく整備された独立公園のなかの保存建造物に生まれ変わっています。ただし、そこでの展示などでは、日本による植民地支配下で多くの独立運動家たちがここに囚われていたことは丁寧に解説されていますが、大韓民国樹立後も一九八〇年代まで、軍事政権下で多くの政治犯を収容していたことはほとんど述べていません。

　ともあれ、韓国の首都ソウルのあのあたりの地区は、歴史が垂直に断層のように重なって、建物の形をなして目に見えてくる町です。ちょうど、サンクトペテルブルクのこのあたりの街区が、いまだってそうであるように。

　話が、また、脇にそれていってしまいました。

　一九一〇年初夏、そんなわけで、幸徳秋水も、管野須賀子も、大石誠之助も、「大逆事件」で、みな、捕まりました。そして、捕まりそこねたような形になった荒畑寒村だけが、東京の街で桂太郎首相を襲うテロリストになろうとして、それにもまた、なりそこね、うろうろしています。「韓国併合」の調印式が、第二次桂内閣の下で行なわれるのが、この夏、八月二二日です。つまり、「大韓帝国」という国号が存在したのは、「独立門」が竣工する一八九七年から一九一〇年まで、わずか一三年たらずのことでした。しかも、そのうち後半の五年、この国は、外交権さえ日本政府に譲って「保護国」とされる状態でした。清国からの「独立」の門を建てたとき、その国はもう日本への「併合」の道を余儀なく歩きはじめていたと、言うほかないのかもしれないのですが。

伊藤博文を狙撃した安重根は、すでに、この一九一〇年三月二六日午前一〇時、伊藤殺害からちょうど五ヵ月目の同日同時刻を選び、遼東半島の日本租借地、旅順監獄で処刑されています。「韓国併合」調印から二日後。八月二四日、四三歳の夏目漱石は、胃病を悪化させて養生に出むいていた伊豆の温泉地の旅館で、大量の血を吐いて、危篤状態に陥ります。

「浮草」の手紙

刑法七三条、いわゆる大逆罪は、大審院での一審かぎりの裁判です。一九一〇年の年末、二六名の被告全員に死刑が求刑されました。

判決は、年が明けて、一九一一年一月一八日に下ります。被告人二四名に死刑。残り二人のうち、信州・明科の工場で宮下太吉の求めでブリキ缶二四個を作った新田融に懲役一一年、弟・新村忠雄の求めで薬研の調達を手伝った新村善兵衛に懲役八年の判決でした。

翌日、一月一九日、死刑判決を受けた被告二四名のうち一二名に、恩赦による無期懲役への減刑が発表されました。幸徳、管野、大石誠之助、宮下太吉、新村忠雄、古河力作ら一二名には、そのまま死刑判決が維持されています。

その日のうちに、大石誠之助は、東京の獄中から、故郷の紀州・新宮にいる妻・栄子に宛てて、手紙を書いています。……読んでみましょう。

《ある人の言葉に「どんなにつらい事があろうとも、その日か、おそくも次ぎの日は、物をたべなさい。それがなぐさめを得る第一歩です」という事がある。

お前もこの際くよくよと思ってうちに引きこんでばかり居ずと、髪も結い、きものも着かえて、親類や知る人のうちへ遊びに行って、世間の物事を見聞きするがよい。そうすればおのずと気も落ついて安らかになるだろう。そしてうちをかたつける事など、どうせおそなりついでだから、当分は親類にまかせて置いて、今はまあ自分のからだをやすめこころを養う事を第一にしてくれ。

私はからだも相変らず、気も丈夫で、待遇はこれまでの通り少しも変った事はない。こうして何ヵ月過すやら何年過すやら、また特別の恩典で出して貰う事があるやらそのへんの所も、すべて行末の事は何ともわからないから、決して決して気を落さぬようにしてくれ。
ほかに差あたって急ぐ用事もないから今日はこれだけ。

一月十九日　　　　誠之助

栄子どの　》

冒頭で言われた「ある人の言葉」――どんなにつらい事があろうとも、その日か、おそくも次ぎの日は、物をたべなさい。それがなぐさめを得る第一歩です――というのは、ツルゲーネフ『ルージン』の一節らしいのです。ごく最近になって、これに気づいた人がいて、僕は教えられたのですが。

また、大石誠之助が獄中で記した断片に、こんなのもあります。

《七段目の生酔《なまえい》が言った「うそから出たまこと」、この一言が実によく人生を説明し得ると思われる。》

大石は、「生酔」に傍点を打って強調しています。これは、歌舞伎の忠臣蔵での大石内蔵助《くらのすけ》のことをさしています。その場面で「うそから出たまこと」というせりふがあるのです。大石誠之助自身の現在の気持ちに引き寄せて、これを解釈すれば、今回問われている罪状はまったくの嘘のものだが、この嘘の罪状は、たしかに自分の真情を言い当ててはいる、ということでしょう。いまの日本社会のありかたを公正なものだと自分は思っていない。――むしろ、日本国に対して、自分は、謀反人の心を抱いて生きている、ということです。

嘘の罪状で死刑にされるまぎわに、大石は、そんな感慨を書き残したわけです。偶然にも、大石内蔵助という歴史上の人物と、自分自身の名前は、とてもよく似ている。そのことも、彼は愉快に思ったのでしょう。

当時の日本で、ツルゲーネフ『ルージン』は、二葉亭四迷によって『浮草』という表題で訳されていました。以前、荒畑寒村がたったひと月ほどだけ働いた出版社、金尾文淵堂が、一九〇八年、単行本にしています。そこでの同僚で、広告文を担当していた安成二郎が、作者の名前を勘違いして「露国文豪ルージン氏の傑作」とうたってしまった、あの本です。

この二葉亭訳の『浮草』のなかに、こんな一節があります。ヒロインのナターリヤのもとから、ルージンが去ってしまったあとのくだりです。

《人というものは、どんな憂《う》い目を見ても、その日のうちに、たかだか翌日《あくるひ》になれば――少し艶のない言方《いいかた》だが――もう飯を食う。それ是《これ》が気の安まる発端《こぐち》というものである。》

大石誠之助が読んだときに記憶に残って、自分が死刑になる直前、まだ年若い妻に贈ろうとしたのが、この一節なのでした。

さらに、このくだりはこんなふうに続きます。

《ナターリヤは酷《ひど》く苦《くる》しんだ。こんな思《おもい》をするのは生れて始《はじめ》てで……けれども初《はじめ》ての苦みは初ての恋のように、善くしたもので、二度とはせぬものである。》

ここは、たしかに、この小説のハイライトです。なぜなら、こうした認識を、ナターリヤという失意のなかにある若い娘は、自力でつかんでいるからです。

大石誠之助とは、ツルゲーネフの『ルージン』をこのように読む人だったのです。死んでいく身として、若い妻にこれを伝えておこうとするところに、彼という人間の大きさがあるのを僕は感じます。

もっといろんな小説を読んでいきたいと、彼は、心の底から湧き上がるように思うようになっていたのでしょう。だからこそ、「サンセット」という文芸雑誌も自分たちで出しはじめたのですが、すでに、少しばかり、手遅れだったのです。

ツルゲーネフ『浮草』の日本語訳者、二葉亭四迷は、この前々年の一九〇九年五月に、実は、すでに亡くなっています。彼も、また作家で、そして、「朝日新聞」の記者でもありました。四〇歳で新聞社に入るのですが、それよりもずっと前、まだ二〇代のうちに、『浮雲』という、たいへんな評判を呼んだ小説を書いていたんです。これは、日本で最初に書かれた、口語体による近代小説とされています。そのあと、ロシア語の知識を生かして役人になり、東京外国語学校の教授になり、それらを辞めて一時は北京で職を得たりもしたのですが、日露戦争開戦の機運が強まってきたところで日本に戻って、「朝日新聞」に職を得たのです。

ただし、彼は、小説を書くより、政論記者のような仕事がしたかったようなんです。そのためにこそロシア語を勉強してきたのだという意識が強かった。『浮雲』については、まだ中途半端な試作段階のものにすぎなかったという気持ちが強く、いまだにその作品によって自分の名声が残っているのも、彼はいやだったんです。つまり、小説を書くのが嫌いな小説家です。

口語とは何か。文語体と口語体の一致とはどういうことかと、彼はいっしょうけんめい考えた人です。ふだん人は口語を使って暮らしているのに、それを文章のように意識することはない。これをどう書けば、話し言葉そのままのように、自然なかんじで読めるか？　なかなか、わからない。書いては、直し、また書いてみては直しで、自分が納得できるところまで、なかなか進まないんです。

画家の苦しみにも、これは似ています。目の前にある静物や人体、これは三次元の物体として存在しているけれども、それを二次元の画布やスケッチブックのなかに移すとは、どういう行為で、どのようにすればそれが成功と言えるところまで到達するのかと、何百年、いや、きっと千年、二千年と、いろんな画家たちが悩みつづけてきました。いまだに、それは解けていない。

彫刻家のジャコメッティは、絵も描きます。そして、生涯を通して、このことに彼は苦しんだんです。正面に座っているモデルをカンバスにデッサンする。けれども、どう描いたって、違っている気がしてくる。うまく描けたと満足しても、翌日にその絵を見ると、絶望に駆られて、また全部消したくなってしまう。鼻の脇のあたりなんかを描くのが、特に難しいんだと、彼は言っています。そこを二次元で描くというのが、どういうことなのか、わからない。けれども、それに挑戦することこそが、彼にとっての絵を描くという行為だった。二葉亭にとっての言葉と文章との関係も、そういうものとして、彼の前に立ちはだかっていたんでしょう。

だけど、新聞社としては、彼は作家として高名なんだから、やはり紙面に小説を書いてほしいわけです。彼の政論は、新聞社のなかでは不評でした。中身が堅くて、やたら長くて、これでは使えない、と。しぶしぶ、新聞社員としての職を失わないために、彼は紙面に連載小説を書く。すると、その小説が、また評判を呼んでしまう。そういう、運がいいんだか、悪いんだか、よくわからない人なんです。

やっと、一九〇八年、念願だったペテルブルク特派員としての辞令が下ります。日本の租借地、遼東半島の大連まで、船で行きました。そこから、ハルビン経由でシベリア鉄道に乗り続けて、ここの街に着いたのです。そのとき、彼は四四歳でした。

けれども、気の毒なことに、このペテルブルクの寒く湿気の多い、海ぎわの低湿地に築かれた人造都市の冬を彼は越せなかったんです。肺炎、さらに肺結核だと診断が下る。体は弱り切って、もはや帰国させるしかないまでになりました。

二葉亭は、新聞社に負担をかける気兼ねから、当初、またシベリア鉄道経由で帰国すると言い張ったのだそうです。ですが、とても体がもちそうにありません。現地の友人が、費用は自分が調達するから、体に楽なロンドンからのインド洋まわりの客船で帰国するようにと説得し、ついに二葉亭もそれを受け入れました。

彼を乗せた船がロンドンを出航するのは、一九〇九年四月です。けれども、すでに彼の体力はほとんど尽きてしまっていて、五月一〇日、ベンガル湾の海の上で、彼は亡くなったのでした。

それにしても、なぜ、二葉亭は、こんなにしてまで、評判の良かった小説の創作をなげうって、「政論」に向かいたかったんでしょうか？

ひとつには、彼が、ロシア語を学ぶ書生時代から、ロシア革命前夜の「人民のなかへ」、つまり、ナロードニキの運動に深く影響されていたからだ、という説があるようです。

青年時代に、東京外国語学校で、アンドレイ・コレンコ、ニコライ・グレイという、ともにナロードニキの運動を背景に日本へと渡ってきたらしい先生たちから、彼はロシア語を学びました。さっきも少し言いましたが、これらの先生は、すばらしい声と語り口で、ロシアの詩や小説を朗読してくれました。いや、それだけでなく、物理、化学、数学といった一般的な勉強から、修辞学、文学史まで、すべてロシア語で学んだのです。教科書さえ、まだ満足になかった、という事情も手伝ってのことだったかもしれません。でも、そうするなかで、言葉がわかるにつれて、ロシアの農村の秋の景色も、オネーギンを追想するタチヤーナの立ち姿も、目に浮かぶようになったはずです。朗読、まさにそれこそがロシアの文学の土壌であり、花でしょうから。ロシアの人にはかえって想像しにくいかもしれませんが、明治以前の日本の文学表現に、これはなかった要素なんです。二葉亭は、何度もそのことを述べています。

二葉亭が若いころに書く『浮雲』という小説も、外国語学校で学ぶ書生同士のざっくばらんなつきあいが土台になっています。ロシアの文学の土壌に触れることで、彼は、狭い日常の圏内に囲い込まれた日本の「小説」の通念より、ずっと広い世界が開けることを実感したのだと思います。いまだって、日本では、文学とはただ小説のことだと思われがちです。作家たちにとってさえ、そうなのかもしれません。

だからこそ、二葉亭はロシア文学の翻訳に力を尽くそうとしたんでしょう。小説を書くのがいやだと言っているあいだも、彼がロシアの小説の翻訳を中断したことはありません。そこで語られる言語を生みだすことこそが、彼にとっての文学の営みだったからです。だから、彼の意識としては、単にその時期には自作の小説を書かなかっただけであって、作家としての仕事を中断していたのではないのです。政論のたぐいも、この広がりのなかに位置づけていたのでしょう。こうやってとらえてみるなら、そこでの彼も、たしかにナロードニキの伝統につらなっていたと言えそうです。

シベリアを一人きりで歩き通して、やがて、ここ、ペテルブルク大学日本学科で日本語を教えることになる黒野義文も、二葉亭が東京外国語学校で学んだころには、まだ、その学校でロシア語を教えていました。黒野はたいへんな俊才で、この学校を自身が卒業するより前から、もう、そこで助教授としても教えていたのだとか。彼も授業の進行全体をロシア語でこなすことができたそうです。ペテルブルクに来て、ロシア人の学生たちに日本語を教えるときにも、そうやっていたのではないでしょうか。ただ、三〇年近くもそれを続けていると、さすがに授業のなかで教えられる日本語は、古色蒼然としたものになってしまう。これは、彼が老いぼれたせいでしょうか？　いや、むしろ、かつての俊才のまま、彼は変わらなさすぎたんです。

日の丸演説、「コレヤ・ウラー」

伊藤博文の言葉は、どうだったでしょうか。彼は、明治政府をつくった初期の首脳陣のなかで、おそらくいちばん英語が得意だった人物です。まだ幕末の動乱期に、密航でロンドンに半年留学し、明治政府が始まって間もないときにも財務の役人となって米国に半年出張しました。彼が初めてロンドンに渡った二一歳のとき、持っていた勉強道具は、日本人が書いた間違いだらけの英語辞書が一冊だけだったんだそうです。それでも、いっしょうけんめい勉強できる若者だったんでしょう。

三〇歳のとき、「岩倉使節団」一行を代表して、彼がサンフランシスコで行なった有名な演説の記録が残っています。「日の丸演説」って呼ばれたものなんですが。

「――わが国旗のまんなかにある赤い丸印は、もはや、みずからを閉ざす封筒の封蠟みたいに見えることなく、将来には、本来の意匠通りに、朝日を示す尊いシンボルとなって、世界の文明諸国と肩を並べてせり上がっていくでありましょう。」

とか、言うんです。

けっこう、しゃれていますね。それまでに欧米で耳にしたスピーチのうまいところを、がんばって取り入れたんでしょう。

東京外国語学校の第一回卒業生になる黒野義文が、この学校でロシア語を学んだ先生も、ペテルブルク生まれのレフ・メチニコフという亡命革命家でした。一八三八年生まれですから、ほぼ伊藤たちと同時代人です。彼が母国ロシアにいられなくなってジュネーヴで暮らしていたとき、そこに留学してきた大山巌という若い日本の陸軍少将と知り合って、メチニコフが大山にフランス語を教え、大山がメチニコフに日本語を教えるという交換授業をして過ごすんです。これが縁になって、メチニコフは東京に渡り、東京外国語学校の教師となっていた。つまり、ナロードニキ左派のアナキスト革命家であるメチニコフと、幕末維新の革命家として駆けまわってきた大山巌は、同世代の青年同士として友人となり、互いの言語を交換したわけですね。

伊藤博文も、同じ時代の空気のなかで青年になりました。彼は大山より一歳年上、そしてメチニコフより三歳年下です。農民の生まれでしたが、父親が養子縁組をしたことから、「足軽」という下級の歩兵の身分となった。ロンドンに渡ったときでも、彼はまだ正式のサムライではなく、「準士雇《じゅんさむらいやとい》」といって、足軽と武士のあいだにあたる身分を持つ維新の革命家です。暗殺者となって、人を殺した経験も、彼はあります。明治政府をつくりあげた第一世代の人びとは、そういう動乱とテロルのなかを生きぬいた者たちです。

安重根は、どうでしょうか。

伊藤博文殺害の公判に向けての尋問のなかで、彼は、日本語、ロシア語は知らないと言っています。漢文は習った。フランス語も、彼はカトリックの信者なので、フランス人の宣教師からいくらか習ったことがあると。

もっとも、安重根の場合は、日本語もいくらか聞くぶんにはわかったのではないかと思えるふしがあります。日本語の新聞から、漢字を頼りに意味を取ることもできたでしょう。また、ロシア領内の沿海州の町や村でも転々としながら過ごしてきたのですから、ロシア語にもカタコトぐらい知っている言葉があったでしょう。単独での移動者というのは、そういうものなのです。伊藤博文を狙撃したときにも「コレヤ・ウラー」と叫んだというんですから。

彼は、なぜフランス語を学ぶのをやめたのか、と問われたとき、日本語を学ぶ者は日本の奴隷となり、英語を学ぶ者は英国の奴隷となる、フランス語を学んでフランスの奴隷となることを免れることはできない、というふうに答えています。つまり、彼は、支配する側の国の言葉に組み込まれることを拒んだのであって、そのことがそのまま、日常のコトバを知らなかったことを意味するのではないでしょう。

伊藤を撃ったさいの「コレヤ・ウラー」という叫びについてさえ、彼自身は、のちの取調べや公判で、「英語でもフランス語でもロシア語でも」そのように言うのだ、と言っています。つまり、世界語として通じる言葉で、自分はその語を発したのだ、と。それほどに彼は、自身の用いる言語について、自覚的な人間だったのです。

ともあれ、それとともに重要なのは、彼が漢文に長けていたことです。彼の出自のような朝鮮の知識層にとって、漢籍は欠かせない教養でした。つまり、これは中国、朝鮮、日本と、東アジア共通の言語、少なくとも共通の書き言葉だったわけです。いまの日本では、その知識は薄れています。韓国でも、そうでしょう。でも、当時は、漢文によって、東アジア諸国の知識層は互いに意志が通じました。日本にも、まだかろうじて、そうした文化が残っていました。日常的な用なら、庶民のあいだでも、漢字を並べて書くことで意向を交わせます。安重根は、処刑前の獄中で、まず自叙伝を漢文で書き、それを書き終えると、「東洋平和論」という論文を、これも漢文で書きかけています。まず序文を書き、それから本文の冒頭部分を書きかけたところで処刑されてしまうのですが。

なぜ、ハングルではなく、漢文で、これらを彼は書いたか。そうすることが、朝鮮知識人としての誇りにもとづいていたことは確かでしょう。けれど、それだけではありません。彼は、日本政府の所轄下にある旅順監獄でこれらを書いたのですから、当然、漢文が日本人にも読まれることを念頭に置いていたのです。彼の「東洋平和論」には、日本人、中国人に向けて、東アジアの人民として対等な独立した立場で平和を構築していく呼びかけが含まれています。

この態度は、検察官による、通訳を介しながらの訊問のなかでも記録されています。一九〇九年一一月二四日のものから、ちょっと読んでみましょう。

《問　その方の言ふ東洋平和といふのは如何なる意味か。
答　それは皆自主独立して行く事が出来るのが平和です。
問　しからばその中の国が一ヵ国でも自主独立が出来ねば東洋平和と言ふ事が出来ぬと思ふが、さようか。
答　さようであります。》

裁判は二審制でしたが、一九一〇年二月一四日、旅順の地方裁判所で死刑の判決が下ったあと、安重根は控訴をしませんでした。

そこには、彼の抗議の意志表示も含まれていたことを見逃すべきではありません。この判決に二日先だつ最終陳述で、安重根は、裁判官にむかって一時間を越える弁論をふるって、その結びで述べています。

「私は韓国の義兵であって、今、敵軍の捕虜となって来ているのでありますから、よろしく万国公法によりて処断せらるべきものと思います。」

つまり、自分たちと日本軍は交戦関係にあるのだから、国際法規にもとづく法廷で対等に裁かれるべきものである。それなのに、異国で起こった事件の被告を日本国家の法廷に連れてきて、裁判官も、弁護人も、通訳も、みな日本人で裁くなどとは茶番にすぎない、との批判です。

あのハルビンでの事件の日、伊藤博文が、安重根によって狙撃されて絶命するまぎわに、犯人が朝鮮人であることを知らされ、「馬鹿なやつじゃ」と洩らしたという伝説めいた話があります。誰の証言にもとづくものなのか、わからないのですが。だけど、そのとき、もし彼がそう言ったのだとすれば、どういう意味だったのだろうかと、僕は考えることがあります。

――これだけ衰えた朝鮮の国を、いまさら独立などという正論だけで、どうやって立て直せるというのかね？――

とでも、犯人に問い返してみたい気持ちがあってのことだったでしょうか？　それだけの時間は、もう、彼には残されてはいなかったのですが。

安重根と伊藤博文、この二人の発語は、敗走者となる身の寄る辺なさを、たとえはるか遠い記憶としてであれ、ともに知る者として、かすかに行き交わされているのを僕は感じます。伊藤は、目の前に立つ若い男が、なぜ自分を襲いに来たのか、その胸の奥まで、ある程度は推しはかることができたでしょうから。

――もっとも、これについては、ジュネーヴでのメチニコフと大山巌の出会いに置き換えたほうが、よいかもしれません。

「一国の将官であるあなたが、流れ者の異国の革命家などを語学の個人教授にしていてよいのですか?」

と、現地のスイス人からとがめられ、大山は、こんなふうに答えたそうです。

「この人、メチニコフは、たまたま政治的には敗者となり、異国を流亡しているにすぎません。もし、この人が勝者になっていたら、いまのロシアの高官こそが異国への亡命者となり、わたしに語学を教えることになったでしょう。」

つまり、ここにあるのは、自分も政治的敗者でありえたのだ、という自己認識です。少なくとも、勝者と敗者、どちらになる可能性も半々で、それによって両者は対等なものなのだと。これは、革命の第一世代だけに共有される心持ちなのではないかと思います。後の世代には引き継がれることなく消えていきます。

さらに言うなら、大山の場合、いま自分が権勢のある立場の側に属していることに、いくらか後ろめたさ、あるいは羞じらいも感じている模様です。なぜなら、彼らは、ともに難民となるかもしれない運命のなかを生きた人びとだからです。いまは、たまたま一方がそれを免れ、もう一方が流亡のなかにいるわけですが、その場合、胸を張っていられるのは、よく闘って敗れた者たちの側なのだという不文律も、彼らのあいだにはあるようです。ともあれ、彼らはともに難民の危難を冒して歩んできた対等な者として、このとき、互いの異なる言葉を交換していたのでしょう。

伊藤博文のなかでも、その瞬間、みすぼらしい身なりをした若き日の暗殺者としての自身の心持ちが、うっすらとでも甦ってくることはあったのではないか。そんなふうに、僕は想像したりもするのです。

……さあ、長い話になりました。きょう用意してきた話は、ひとまず、これくらいです。何か、質問などありますか？

テロリストであることは容易ではない

男子学生　四年生のブラッェフです。幸徳秋水は管野須賀子にどんな感情を抱いていたんですか？　本当に愛しているなら、自分がテロルに加わる危険を避けるだけじゃなくて、彼女にもそれをやめてほしいと思うだろうし、そうなるように努力するはずだと思うんです。

作家　あ、それはありますね。うっかり、話をはしょってしまいました。僕の考えていることをお話ししましょう。

……もう一つくらい、質問を受けてから、まとめてお答えするのがいいかと思うのですが、どなたか、質問ありますか？

女子学生　修士一年のプシュコーワと申します。お話、おもしろかったんですけど、正直言って、わたしの勉強不足で、半分くらいしか理解できていないと思うんです。……それと、途中で一度、トイレに行ってしまったので。

なのに質問するのは申し訳ないんですけど、わたしにはどうして管野須賀子がテロリストになろうと決心したのか、そこがわからなかったんです。

作家　えっと、……そこは、ちょっと違うんです。

いろんな人物の名前を挙げて、お話ししてきました。ですが、きょう僕が言おうとしてきたのは、これらの人物のなかで、本当にテロリストと呼ばれるに値する行動を取れたのは、伊藤博文と安重根、この二人だけだということなんです。

そこが、ちょうど、あなたがトイレに行かれた時間にぶつかっちゃったのかもしれませんが、伝わりにくかったようです。でも、このことは、強調しておきたいところなんです。

伊藤博文が暗殺者となって殺したのは、二一歳のとき、塙《はなわ》次郎という国学者です。塙が、天皇退位の事例の典拠を江戸幕府から頼まれて調べていると聞きつけて、仲間ひとりといっしょに待ち伏せて、二人がかりで日本刀で斬り殺してしまいます。この塙についての噂は、実は誤解だったとも言われていますが。直前に、伊藤は英国公使館の焼き討ちもやっていて、とにかくこの時期の彼は激しいんです。天皇が中心となる国を作って、外国勢力を追い払わないと日本は滅んでしまうと、当時の彼は思いつめていたわけですから。

一方、安重根は、それから四七年後、伊藤博文を殺す。このとき、安は三〇歳、単独行動でのピストルによる射殺でした。

両者で、対照的なこともあります。伊藤は、英国公使館を焼き討ちし、さらに暗殺も行ない、その翌年、当のイギリスに留学のため密航していく。塙次郎を殺したときのもう一人の仲間もいっしょでした。そして、現地で英語を学び、日本は開国するべきだと、考えも変えて、自分の国へと戻ってきたのです。

安重根にも、もし、その後の人生があったとしたら、どうだったのでしょうか？ 彼は、外国語を学ぶのはその国の奴隷になることだと述べて——僕には、これについて彼がそれほど本気だったとは思えませんが——、また、奴隷になることを拒んで、当の相手国によって処刑されていく。でも、そういう彼は、いつか生きて目的を遂げることができたなら、米国に渡って、その国の独立の父、ワシントンを追慕したいという希望も抱いていたわけです。そこでの彼は、けっして、異文化に対して、頑なな態度を取る人ではありません。

　こういった人物たちと較べればはっきりわかることですが、管野須賀子たちには、とうてい、国家元首の暗殺の実行までたどりつけるほどの強い動機はありません。口先だけなんです。本気で、どうすれば確実に天皇に爆弾を投げつけることができ、また、それが致命傷を負わせられるか、そして、その後、どうやって、どんな社会変革をはかっていこうと考えるのか、話しあった形跡がまったくないでしょう？

　管野はね、ほんの数年前まで、大阪での勧業博覧会で余興に「浪花踊り」を上演させるのは許せない、なんていう記事を、新聞にいっしょうけんめい書く、世間知らずで堅物な婦人記者だったんです。「醜業婦」たちの踊りをこういうところで披露するべきではない、と。これは〝醜い仕事の女〟っていう意味の言葉です。娼婦に対しても使われた言葉ですが、そのときには、大阪の芸者たちをさしていました。大阪の四つの歓楽街の芸者を総出演させる、という企画が、良き風俗に反していると、彼女は考えたんです。日露戦争直前のころの話です。この主張に同感してくれた婦人矯風会に彼女は入り、キリスト教徒としての洗礼も受けました。まあ、こう言っては悪いのですけど、彼女にとってのキリスト教というのは、その程度の信仰だったのです。

　やがて日露戦争が始まって、しばらくすると、彼女は東京の「平民社」に堺利彦を訪ねました。それが、彼女にとっての社会主義の運動への入門だったのでしょう。二三歳でした。大逆罪で死刑に処されるまで、あと、彼女には六年半しかないんです。

新村忠雄は、先ほども言いましたが、信州・屋代町の裕福な農家のせがれです。小学校を卒業すると、補習科にさらにもう一年通って、それから家の仕事を手伝っていました。賢い若者でしたが、まだ世間をそれほど広くは知らないんです。

古河力作は、東京・滝野川の園芸場で働く園丁でした。彼は、ほんとうに心やさしく、草花を育てることに熱意を持っていた人のようです。大逆罪の法廷でも、「花を愛する園芸業者から犯罪人を出したことはほとんどない」と話したそうですから。生まれは福井県の雲浜村。人目を引くほど、小柄な男です。逮捕の二年ばかり前から、ときおり「平民社」を訪ねて、三つ年下の新村とも、逮捕の前年、そこで知り合いになりました。

宮下太吉は、逮捕に至るまで古河とは一度も顔を合わせたことさえなかったのです。これほどお粗末な「大逆」の計画なんて、ありうるでしょうか？　彼が古河力作の姿を初めて見たのは、大審院の法廷か、早くとも逮捕後、東京監獄に送られてからのことだったはずです。この宮下もまた日刊「平民新聞」で社会主義という言葉に触れてから、逮捕まで三年余りしかありません。

一方、紀州・新宮で大石誠之助の周囲に出入りしていた成石平四郎という男も、兄の勘三郎に手伝わせ、爆弾を作ろうとしたりもしましたが、これが何か具体的な計画に結びついていたわけではありませんでした。彼自身は、もとは船頭やら、材木運搬の請負業などをしていたのですが、だんだん、借金や病気、家族間の不和やらで、自暴自棄のような状態に陥ったりもしていたようです。

彼らと同時代、二〇世紀の初頭に米国の連邦最高裁判事を長くつとめたオリヴァー・ウェンデル・ホームズは、左翼の労働運動家や無政府主義者が政府転覆を主張していたことを理由に米国の法廷が彼らへの重刑判決を下そうとする傾向が強まっていることに反対し、そうした被告たちの日ごろの主張は、未熟な想念をだらだらと述べるだけの「牛のよだれ」のようなものであって、そんなものをまじめな審理の対象とするべきではないのだ、と述べています。これにならって言うなら、大逆事件の被告たちを死刑にするために並べられた罪状も、粗末な「牛のよだれ」の寄せ集めによってできています。

いずれにせよ、たとえどれほど社会への関心が強い人間でも、イデオロギーだけで生きることはできません。つまり、どんな人間にも、一日は二四時間しか許されていないということです。その二四時間のなかで、食べたり、働いたり、考えたり、闘うなら闘い、愛しあえる人はそうしたり、眠ったり、入浴したりで、とにかく全部含めて、誰もが一日二四時間には収めなければいけないわけです。これは、主婦でも、大統領でも、労働者でも、年金暮らしの老人でも、同じでしょう。一人ひとり、それが自分自身の場所なのです。イデオロギーだけで世の中に出て、際限なく暴れまわっているわけにはいかないんです。どんな人でも、毎日のやるべきことを、いったんは一人ひとりの自分の場所に持ち帰らないと、始まらない。当たり前のことだから、わざわざ誰も口に出しては言いません。けれども、この世界という誰にも共通する前提を形づくっているのは、そのことなんです。

ともあれ、僕が思うに、避けられない試練というべきものに出会ったとき、人間の行動の取り方には、おおざっぱに言って、二通りのタイプがあるように思います。

一つは、ひとりきりになれる場所を求めて、そこで泣こうとする人間。

もう一つは、泣くよりも前に、誰かそばにいてくれる者を求めようとする人間です。

僕には、管野が前者、幸徳が後者の、それぞれにひとつの典型を示すように思えます。荒畑も、どちらかと言えば後者でしょうか。

前者のタイプの人間は、その行動の舞台裏に、できるかぎり他者には知らせることのない、秘密の部屋のようなものを持っているものです。ときどき、そこに引きこもって泣くからです。ですから、こういう人間の履歴には、つぶさに見ると、簡単には埋め尽くせそうにない、塗り残しのような空白部分があちこちに残っているものなのです。

管野須賀子の場合も、そうでした。

たとえば、赤旗事件のころに首相をつとめていた西園寺公望は、管野と会ったことがあるという回想を残しています。西園寺がこれを語っている相手は、小泉三申。幸徳の古くからの友人で、彼に、湯河原の旅館に滞在して大衆向けの歴史読み物を書くように勧めた人物です。

えーと……あ、これが、西園寺の言葉です。

《あなたの友人幸徳の仲間に女がいたね、管野スガ――その女だ、たずねて来たから駿河台の家の二階で逢ったことがある。美人ではなかったね、何の話であったか、よくは覚えないが、いやなことではなかった、静かによく話して行った。……管野に逢ったのはそう古くはない、間もなく事件が起って管野の名が出たので、あの女が、と思ったことがある。》

いつ会ったのか？　そして、何のために？

それがわかっていないんです。

駿河台とは、西園寺の屋敷があった東京の地名です。近所に、大きなドーム屋根のニコライ堂が建っていました。

まもなく起こる「事件」とは、大逆事件のことでしょう。

ともあれ、西園寺のような権勢のある政治家に面談を申し入れて、受け入れてもらいやすいのは、管野が東京の新聞記者という立場にあった期間でしょう。もし、そうだとすれば、彼女が「毎日電報」記者として働く一九〇六年暮れから一九〇八年六月の「赤旗事件」が起こるまでの期間がこれにあたり、そのあいだずっと、西園寺は第一次西園寺内閣の首相の地位にあります。

ただし、この期間中でも、管野は結核の転地療養で、一九〇七年の五月上旬から七月上旬には初島へ、また、その年暮れから翌一九〇八年三月初めごろまでは千葉の吉浜に出むくので、そうした時期を除くとすれば、西園寺と会えそうな時期はさらに狭まります。ですが、管野の署名記事で、西園寺に取材したようなものは「毎日電報」の紙面に見つかりません。それでも、無署名の記事などで、西園寺との面談から得た情報が生かされた可能性は残るでしょう。

いずれにしても、むしろ問題は、管野が、そもそも何を求めて西園寺に会おうとしたのかということです。管野が、荒畑や幸徳も含む運動の仲間たちに、首相の西園寺と会ってきた、などと話した形跡は何もありません。ですから、彼女についての伝記的な研究でも、この件に触れているものは、僕が見るところ、一つとしてないのです。ですが、西園寺は、文人宰相としても知られた名門公家出身の人物で、教養の範囲が広く、学者、文士から歌舞伎役者などにもわたる交際がありました。また彼は、女性に対して独特のスタンスを保った人間です。つねに、身近に女性を置いていましたが、正式の結婚は一度もすることなく、長い生涯を送りました。管野のような人物には、求められれば、それなら話を聞いてみようかと、関心を寄せるところもあったでしょう。でも、何のために彼女がそこに出むこうとしたのかは、わからないままなのです。

もう一つ、別の可能性は、国木田独歩という作家が、一時期、経済的に窮して、西園寺のもとに食客のようなかたちで身を寄せて世話になっていたことがあります。管野は、国木田夫妻、とくに夫人の治子との交際があったので、そこから西園寺との面談の機会を得たことも考えられなくはありません。けれど、何がそこで話題にされていたのかは、そのように考えてみても、やはりわからないのです。

とはいえ、西園寺と管野という顔合わせには、ちょっと運命的なものを思わせるところもあるんです。

西園寺は、明治期の初年代、自身の二〇代のほぼすべてにわたる時期を、フランスでの留学生活で過ごしました。普仏戦争後に成立した労働者、市民による革命的な自治空間、パリ・コミューンのなかでの生活をじかに経験した、ごくわずかな日本人の一人です。コミューンのなかでも学校などは平穏に営まれていて、そこに通って勉強し、自由に市内を歩きまわって、暮らしていたというんです。この点、それから三五年後、幸徳秋水がサンフランシスコ大地震のあとの「無政府共産制の実現」を目にした経験と似ていなくもない。ただし、西園寺の場合は、パリ・コミューンが崩壊する最後の数日間に起こった掠奪、放火、殺戮などのありさまも、目の前に見ています。ですから、その記憶を理想化することも、また、とりたてておとしめることもありませんでした。

さっき、ペテルブルク生まれのメチニコフという亡命革命家が、スイスのジュネーヴで大山巌という日本の若い軍人に出会って、お互いにフランス語と日本語を教えあったという話をしましたよね。実は、その出会いにも、西園寺が絡んでいるんです。

メチニコフは、ジュネーヴに行く前に、当時パリにはド・ロニーという日本語のできる先生がいたものだから、彼のところに日本語を教えてくださいと頼みにいく。すると、ド・ロニーは、自分が教えるよりも、いま、「日本の若い大名」がこちらに留学に来て、ジュネーヴに滞在しているから、彼に頼んで教えてもらいなさいと紹介状を書いてくれる。メチニコフはそれを持ってジュネーヴまで「日本の若い大名」に会いに行くんですが、もうその人物は次の旅先に向けて出発してしまっていた。そして、その人物が滞在しているはずだった家には、彼からの口ききで、入れ替わりに、フランス語のまったく話せない大山巖が入居していたわけです。

つまり、メチニコフは「日本の若い大名」と思いこんでしまっているのだけれど、彼が最初に会おうとしていた人物は、正確に言うなら日本の若い貴族、すなわち「公家」で、避暑のためパリからジュネーヴに出むいてきていた西園寺公望だったんです。そういう経緯も、西園寺の自伝に出てきます。

後日、西園寺がジュネーヴで下宿していた家の主人に会うと、その人は、「あなたはフランス語がたいへん進歩して、自分もお世話した甲斐があると喜んでいるが、大山さんは半年のあいだに少しも初めと変わらなかった」と笑っていたそうです。メチニコフに習っても、大山のフランス語のほうは上達しなかったんでしょうね。

いや、話を少し戻しましょう。

ところで、西園寺はこのパリ生活のなかで、若き日の中江兆民とも知りあい、親しい友人となります。中江兆民は、幸徳秋水が生涯にわたって尊敬した、彼の先生です。幸徳は、この変わり者に、勉強のしかたから、ものの考え方、文章の書き方、貧乏暮らしのしのぎ方まで、すべてにわたって教わりました。また、幸徳がこだわった政治的な急進思想と自前のジャーナリズム、そのどちらの背景にも、彼が中江から学んだもの、つまり、ルソー流の考えと漢文脈の教養があります。

西園寺は、日本への帰国後、中江らとともに、自由民権を掲げる「東洋自由新聞」の発刊にあたっています。頼まれて社長を引き受けたのが西園寺で、彼が中江に主筆としての参加を誘ったのでした。けれども、公家華族の当主たる西園寺が自由民権運動を先導するということが、政府・宮中で問題とされて、さらには天皇による内聞の命令までが発され、彼は退任を余儀なくされました。

青年時代の西園寺のこのような経験が、後年にわたって、彼の社会的なものの見方の原型をつくったのは確かです。とはいえ、それからの長い転変を経て、いまや西園寺は天皇の国の政権担当者。一方、かつての盟友の中江兆民は、権勢への抵抗を続けながら、とうに貧乏なまま死んで、いまは弟子の幸徳秋水さえもが、自分の命を削りながら活動しているありさまです。そんななか、どうした理由からか、管野須賀子の場合は、この国に弓を引く側の者として、静かに西園寺と対座して過ごした時間が一度はあったらしいのです。

谷中村から旅順に

西園寺の政見は、交互に内閣を担った桂太郎に較べればリベラルな姿勢を保ったように見られがちですが、現実の西園寺内閣の施政に照らせば、必ずしもそうではありません。

朝鮮王朝の皇帝・高宗を退位させ、第三次日韓協約を結んだのは、この政権です。これによって韓国軍は解散、日本支配による朝鮮の植民地化は深められていきます。その流れに抵抗して、安重根も加わる抗日の義兵闘争がさらに高まっていくのも、ここを画期としてのことでした。韓国軍の元将兵の多くが、義兵たちに合流することを選んだからです。

一方、日本国内の足尾銅山の坑夫らによる暴動は、軍隊まで投入して抑えられました。鉱毒は、銅山から渡良瀬川を流れ下って、やみません。これへの対策として、治水とともに、鉱毒も沈殿させるとする貯水池造成が、立ち退きを拒む谷中村民の家を強制的に破壊しながら、進められていきました。

西園寺のパーソナリティがリベラルなものであることは確かですが、彼のリベラリズムは韓国併合、谷中村の破壊を問題視するものではありませんでした。

渡良瀬川の貯水池造成事業を推進する責任者の立場にあった栃木県知事・白仁《しらに》武は、二年半の在任期間を経ての離任に先だち、一九〇六年夏、洪水に沈む谷中村周辺の実状を見て、この池が洪水を調整する上で何の役にも立たないことを深く実感したとして、公の席で内心の痛みを述べました。

「引継ぎのこの仕事を決行しようということについては、心に恥ずるところが多い。」

白仁武は、このあと、しばらくの文部省内局勤務を経て、一九〇八年五月、次の赴任地である遼東半島旅順へと向かい、関東都督府民政長官のポストに就きます。

ですから、彼の姿は、一九〇九年秋、夏目漱石「満韓ところどころ」のなかにも、再び現われます。

《新市街の白仁長官の家を訪ねた時、結構な御住居《おすまい》だが、もとは誰のいた所ですかと聞いたら、何でもある大佐の家だそうですと答えられた。こう云う家に住んで、こういう景色を眼の下に見れば、内地を離れる賠償には充分なりますねと云ったら、白仁君も笑いながら、日本じゃとても這入《はい》れませんと云われたくらいである。》

ここでの「大佐」とは、ロシア軍の将校を意味しています。つまり、日露戦争までこの地を支配していたロシアの軍人たちが去り、いまは、それらの家に、日本から赴任してくる高級官吏や南満洲鉄道の高級社員らが暮らしているのです。

ちなみに、この白仁武の弟は、三郎といって、かつて漱石の教え子だった青年です。一九〇七年、漱石が東京帝国大学などでの教師職をすべて辞め、朝日新聞の社員、つまり専属作家となって文筆一本で食べていこうと決心するとき、白仁三郎は、彼と新聞社のあいだを行き来して、条件面などを詰める交渉の仲だちをつとめました。漱石にとって、思うところを率直に話せる若者だったということでしょう。白仁三郎自身も、これに続いて朝日の記者となり、養子先の坂元姓に変わって、やがて「坂元雪鳥」との名で能楽評論家として知られます。

満韓旅行中の漱石は、このように、親友の満鉄総裁・中村是公をはじめ、実におおぜいの知人たちに取りかこまれて過ごします。これは、単なる偶然からとは言えません。なぜなら、彼らの学生時代、国立最上位の高等教育機関「帝国大学」は、東京のただ一校だけでした。漱石本人もそうですが、満洲で再会する若いころからの知人の多くは、そこを卒業しています。植民地を含む、日本国家の中軸となるポストは、この学校から制度的に生みだされるエリートの人材で占められる時代に至っていました。もはや、流亡の革命家たちが、日本の学校の教壇から、学生たちに何かを伝える時代ではなくなっていたのです。

きょう、冒頭でお話しした、「満洲日日新聞」掲載の夏目漱石「韓満所感」。あとでプリントにもう一度目を通していただくとわかると思いますが、なんだか、満洲に渡ってからの漱石は、現地の日本人の知人らを相手に、住まいや暮らし向きの話ばかりをしている印象が伴います。むろん、東京での漱石一家は、子だくさんで手狭な借家住まいが続いていて、もっと居心地のよい住宅環境への憧れが生じたとしても無理はありません。

ただ、留意しておくべきなのは、この新聞が満鉄経営のものであることから、おのずと漱石の文面も、現地で世話になった関係者たちへのお礼や挨拶に重きが置かれているということです。つまり、漱石にとって、この文章は、日本国内にいるような従来の読者層のことは意識せず、関東州など満洲現地に在住する植民地日本人にむけて書いているものなのです。

ちなみに、ここで「朝鮮で余が一週間ほど厄介になった知人」と言っているのは、当時、韓国統監府の会計部門の責任者をつとめていた鈴木穆《しずか》という人物で、漱石にとっては、妻・鏡子の妹の夫の実弟です。ややこしいですね、わかりますか？　ともかく、この人は、身内では「穆さん」と呼ぶ親類の一人であって、それさえ明らかになれば、ここのくだりなど、ちょっとした軽口の調子をまじえて書かれているのがわかります。

にもかかわらず、この寄稿での漱石の筆の進め方は、一面、どこかしら索漠としています。なぜでしょうか？

……たとえば、この旅で漱石が持ち歩いていた日記帳では、満洲から鴨緑江を渡って朝鮮に入ると、現地の日本人の所行をめぐって、彼はこんな噂のたぐいも書き留めています。

「期限をきって金を貸して期日に返済すると留守を使って明日抵当をとり上げる。千円の手附に千円の証文を書かして訴訟する。自分の宅地を無暗に増して繩張をひろくする。

余、韓人は気の毒なりという。」

朝鮮人に金を貸し、相手が期日に返しにきても、そのときはわざと居留守を使っておき、翌日、返済されていないのは契約違反だとして、抵当をとりあげる。こうした悪辣な手口が、ここではまかり通って行なわれている、と記しているんですね。

「朝鮮人を苦しめて金持となりたると同時に朝鮮人からだまされたものあり。」

そうやって金儲けしたとたんに、今度は朝鮮人から、だまされる。これなんかは、漱石好みの落語みたいな話でもあるのですけど。

出発前から、この旅のあいだ中、彼は胃痛に苦しめられていました。そこには、つじつまの合わない思いが、どうしたって、ついてまわります。「韓満所感」では――。

《歴遊の際もう一つ感じた事は、余は幸《さいわい》にして日本人に生れたと云う自覚を得た事である。内地に跼蹐《きょくせき》している間は、日本人ほど憐れな国民は世界中にたんとあるまいという考《かんがえ》に始終圧迫されてならなかったが、満洲から朝鮮へ渡って、わが同胞が文明事業の各方面に活躍して大いに優者となっている状態を目撃して、日本人も甚だ頼母《たのも》しい人種だとの印象を深く頭の中に刻みつけられた。

同時に、余は支那人や朝鮮人に生れなくって、まあ善かったと思った。彼等を眼前に置いて勝者の意気込をもって事に当るわが同胞は、真に運命の寵児と云わねばならぬ。》

もちろん、植民地の日本人たちが、概して進取の気性に富み、努力奮闘の気概に満ちていることは、漱石としても頼もしいかぎりなのです。ただ、それを「勝者の意気込」、「真に運命の寵児」とか、ふだんは使わないような強い言葉で言い切らなければならないところに、かえって、いくらかうらぶれた、やましさのようなものが感じられます。

なぜなら、彼は、自分が中国人や朝鮮人に生まれなくて「まあ善かった」、率直にそう表現せずにはおれなくなるほど公平を欠いた現実を、かぎられた旅程のうちにも、すでに見聞きしてしまっていたからです。

漱石は、わざと、こういう言い方を選んでいるんでしょうか？　むろん、それ以外にはありえません。

犬時代はすぎ、彼女は語りだす

もう一人だけ、自分用の見えない部屋を持っていたのだと感じさせる人物に触れておきます。幸徳秋水から無理やりに離縁されてしまった、彼の元妻、師岡千代子です。

……これも、ちょっと、読んでみましょう。


《元来私は去年より独立して千代〳〵と喚ばれし犬時代はすぎて只今は師岡千代子と申《もうす》一個之人間の積りに候》

これは、千代子が、幸徳の国元、土佐にいる彼の親戚たちに宛てた手紙の一節です。読み手として、特に意識されているのは、幸徳の老母、多治でしょう。日付は一九一〇年九月末。すでに幸徳たちは「大逆事件」でみな捕まって、取り調べが進んでいます。

千代子は、こんなふうに書いています。

――そもそも、わたしは去年からはもう離婚によって独立しているわけですから、あなたたちから何かにつけて「千代、千代」と犬みたいに呼びつけられる時代は終わっているのです。今では、「師岡千代子」という一個の独立した人間のつもりでございます。――

と、こう、怒りを込めて、啖呵を切っているわけです。その調子が、ちょっとユーモラスでもあるのが、たいしたものだと思うのですけど。

どういう状況かというと、この年五月初めに、管野須賀子は、それまで幸徳といっしょに滞在していた湯河原温泉の天野屋旅館を離れて、換金刑の準備のために東京へ出むきます。そして、六月初めに、幸徳は、この湯河原温泉に一人で滞在しているところを、「大逆事件」の容疑者として捕まるわけです。

実は、五月初めに管野が湯河原温泉を離れるのに先だって、彼女と幸徳のあいだで別れ話がなされていて、どうやら、またここでも、じゃあ別れよう、ということになっていたらしいのです。別れを切りだしたのは、管野のようです。彼女としては、もう、ここから二人は互いに別の道を進むんだから、と。自分は爆弾でテロルのほうに行くし、幸徳は文筆でやることになるだろう、だから、この関係にも区切りをつけておこうということだったようです。

二人のあいだに、何か気持ちの行き違いも重なっていたんでしょう。そして、おそらく、管野としてはそれ以上に、もしも自分らのテロ計画が露見するなどした場合に、無関係な幸徳にまで逮捕が及ぶようなことになるのは避けたい、という配慮もあってのことだったんでしょう。

ところが、と言うべきなのかどうか……。

そのようにして管野が湯河原温泉から東京に去った翌日、五月二日。幸徳のほうは、大阪にいる別れた妻、師岡千代子に宛てて、手紙を書いています。どんな内容かというと、

――病気だと聞いたが、様子がわからず、心配しています。管野とはいろいろあって「手をきる」ことにしました。もしよければ、また東京に移って、こちらで暮らすようにしませんか。

――

というような、ひどく虫のいい内容です。

千代子も、さすがに、はい、わかりました、と、それに従う気にはなれません。前年には、幸徳の一方的なわがままを強引に受け入れさせられるようなかたちで、泣く泣く離縁したという経緯があるのですから。だから、彼女からは〝あなたはいったいどういう考えなのですか、上京後のわたしの身の置き所もはっきりしないまま、とてもそんなことをただちにするわけには参りません〟というような手紙を幸徳に返したようなのです。それに対して、幸徳は、さらに重ねて手紙を書いています。

――近いうち、自分にも東京に出る用事があるけれど、金にも困っているので、小さな部屋でも借りて自炊しようかなと思っている。……何か考えがあれば、聞かせてください。――

といった、思わせぶりな文面です。

これは、自分の世話をしに東京に戻ってきてくれ、というようなことですよね？　でも、はっきり、そうとは書かない。千代子のほうからそれを言いだしてくれるのを期待するような書き方です。

こういうところに、先ほど言った、幸徳という人間のタイプが、よく表れているでしょう。自分が泣くより前に、誰か、女性にそばについていてほしいんです。それを求めてしまうことを自制できない。彼は、末っ子として生まれて、父は早くに死んでいます。そういうこともあって、老いた母親への親孝行で知られた人間です。しかし、そのぶん、自分と関係が生じた女性たちに対しても、かつて母親が自分に果たしてくれていた役割を求めるところがあるようです。

そうこうするうちに六月に入り、幸徳も逮捕されます。そして、いま触れた千代子からの手紙なども、証拠物件として、ごっそりとすべて警察側に押収されてしまいました。

ですから、警察こそが、彼らの男女関係などについても、いちばん詳しくなっているわけです。そこで、取り調べを受けている管野に対し、予審判事がこれらの手紙類を突きつける、ということをやっています。——お前が知らないところで幸徳がいったい何をやっているかを教えてやろう——という言い方、それによって、被疑者の抵抗心を挫こうとする、官憲の常套手段です。

管野としては、そんな手紙を見せられて、情けなくも悲しくもあったでしょう。とはいえ、これに対して彼女が示した反応は、当の予審判事に幸徳への伝言を頼んで、もう一度、改めて自分たちのあいだの絶縁を伝えておくということでした。

それが、六月なかばのことです。つまり、彼女が獄中からひそかに針文字の手紙を杉村楚人冠と横山勝太郎弁護士に送って、幸徳の助命活動を頼んでから、一週間ほどのちにあたります。管野は、幸徳がそういう男であることを知らずにいたわけではないでしょう。でも、だからこそ、なんとか手だてを尽くして彼を生きのびさせてやりたいと、いっそう強く思うところもあったかもしれません。なぜなら、そこには、こうやって生きていたいという彼の意志が、はっきりと表れているからです。管野のほうには、なぜだか、そういうものが見えません。

そして、そのことは、誰より彼女自身がはっきり感じていたのではないかと思います。彼女の人生も、ずっとそうだったはずはないでしょうから。

ともあれ、こうしたなか、師岡千代子のほうは、獄中の幸徳との重なるやりとりに言い負かされたような形で、結局、夏の終わりに、リウマチスが進行する病身を押し、東京に一人で出てきます。そして、秋には、ごく小さな居室を目黒に構えました。そうやって、幸徳への差し入れなどを世話しているのです。でも、ひとたび、それを受け入れると、幸徳の国元からも、あれをしてやってくれ、次にはこれを、といったふうに、これまでの経緯をすっかり忘れたかのような注文と要求ばかりが重なって、ついに頭に来た千代子が、先に挙げたような啖呵の手紙を、幸徳家の一族に宛てて叩きつけたというわけです。

この千代子も、幸徳と所帯を持っているあいだは、なにしろ自宅が「平民社」なので、その活動を手伝ってはいました。とはいえ、もちろんそれは幸徳の妻としての関与なのですから、管野みたいに前のめりな関わり方とはおのずと違いがあったでしょう。

千代子は古典的な教養があって、書画にすぐれ、英語ができ、フランス語もできたと言われています。その父親は、師岡正胤という国学者です。尊皇運動で事件を起こして、危うく命まで狙われたところを助けられ、明治維新後は京都の有名な神社の大宮司になりました。この父親が亡くなった年に、彼女は幸徳と結婚しています。ふだんはおとなしい妻なのですが、幸徳としては、なにかとお見通しでおびやかされるような心地を抱くこともあったでしょう。

もっとも、幸徳には、最初の妻を、容貌が気に入らずに二ヵ月ほどで離縁してしまったという前科があります。ですから、ほとんど無学だったというその人とは違って、会話が成り立つだけの教養ある女性を妻に、と願う意向は彼のほうにこそあったのです。

千代子の姉夫婦は名古屋に暮らしていて、夫にあたる人は判事でした。そのために、千代子の姉からは、夫の立場も考え、幸徳の社会主義運動について何かと心配やら苦情らしきものやらを寄せてくることがありました。幸徳としては、これがまた、愉快ではありません。そこで、千代子との離縁を言いだすときには、そのことも革命家の妻には不向き、と難癖の一つに挙げたわけです。でも、まあ、幸徳本人としても、自分の身が落ち着かない上で、いったい何が本質的な問題なのやら、見極めきれずにいたのでしょう。

いや、それにしても、この千代子という人の一連の手紙は、とてもおもしろいんです。気の毒でもあるのですが、ものすごく怒ったり、機嫌をなおしたり、もう差し入れはやめますと言ったり、この手紙は焼いてください、字が汚いので、と頼んだり、「何んの為めに生きてるのか判りません。御わらい下さいまし」と歎いたり、幸徳が言っていることを「束縛、圧制の甚だしきものとぞんじ候」と論難したりで、くるくると感情が動いて、生き生きしています。

幸徳秋水の刑死後、三五、六年ほど経って、師岡千代子は、『風々雨々』という彼をめぐる回想記を一冊出版しています。これは、国学者の娘たるにふさわしい落ちついた態度と文体で書かれています。ですが、それとはまた異なって、なんだか銘仙を着た女学生みたいにきびきびとした千代子の姿が、こうした古い手紙類とともに甦ってくるまでには、それからさらに半世紀ばかり待たねばならなかったということなんです。

初島から

こうやって、年が明け、一九一一年一月一九日には、幸徳秋水、管野須賀子、大石誠之助ら、一二人の死刑が確定します。

前年一一月、彼らを「大逆罪」によって大審院が審理するとの決定をAP通信社が配信して以来、米国のエマ・ゴールドマンらも、ワシントンの日本国大使館、ニューヨークの日本国総領事館、各新聞社などへ抗議の申し入れを相次ぎ行なっていました。また、英国ロンドンでも、一二月一〇日、労働党党首ケア・ハーディが呼びかけて、アルバート・ホールで二万人を集める抗議集会が開かれました。けれど、それらも、これといった効果は引き出せないまま、ここまで来ています。

一方、荒畑寒村は、ひところのテロリスト熱もすっかり冷めやって、このころには気落ちと恐怖にとらわれていたようです。数ヵ月前から、彼は、千葉・吉浜の網元、秋良屋に身を隠しています。そう、三年前のまだ寒い季節に、管野が転地療養で滞在しているところに、彼が押しかけていった家です。

とはいえ、この荒畑も、どこか運には恵まれている男で、親身に世話を焼いてくれる年上の女性が、また現われていました。東京の洲崎という廓で働く女性です。彼の心のおびえを見てとり、それなら千葉のその家で当分潜んでおくのがいいでしょうと助言してくれたのも、この人なのでした。のちに、彼女は荒畑の妻となります。

以前、荒畑が管野に差し入れてもらった英訳版の『罪と罰』、つまり、彼女自筆の英文献辞入りの *Crime and Punishment* が、このときどこに保管されていたのか、わかりません。ただ、手放してはいなかったのは、確かです。友人のところか、洲崎の女性のところか、あるいは、自分自身でそのまま携えて、千葉の海岸の潜伏先でひもとくつもりでいた可能性も、まったくないわけではありません。

同じころ、東京監獄の女囚独居舎にいる管野須賀子は、死刑判決後の面会に訪ねてくれた堺利彦や大杉栄夫妻らから聞かされて、そういう荒畑の居場所も知るところとなりました。一月二一日、獄中での手記に彼女は記しています。……このくだりも読んでおきましょう。

《寒村は房州吉浜の秋良屋に居るそうな。秋良屋は数年前、私が二カ月ばかり滞在していた家である。当時絶縁していた寒村が、不意に大阪から訪ねて来て、二人の撚《より》をもどして帰った思い出の多い家である。山にも遊んだ、磯も歩いた。当時やはり同家に滞在中の阿部幹三などと一緒に、鋸山に登って蜜柑を食べながら焚火をして、何処からか石地蔵の首を拾って来て火あぶりにしたりなんか、随分悪戯をしたものであった。

その秋良屋に今寒村が滞在している。室《へや》もきっとあの室であろう。あの南縁の暖かい障子の前に机を置いて、例の癖の爪を嚙みながら、書いたり読んだりしているのであろう。

寒村は私を、死んだ妹と同じように姉ちゃんといい、私は寒村をかつ坊と呼んでいた。同棲していても、夫婦というよりは姉弟と云った方が適当のような間柄であった。ゆえに夫婦として物足りないという感情が、そもそもの二人を隔てる原因であったが、その代りに又別れての後も姉弟同様な過去の親しい愛情は残っている。私は同棲当時も今日も、彼に対する感情に少しも変りが無いのである。》

佐多稲子という女性作家が、日本にいました。もう六〇年近く前ですが、彼女は「管野須賀子」という短篇小説を書いています。当時は、まだ、管野のような「大逆」を企てた張本人の女性を小説に描くのは、勇気を要することだったと思います。長い戦争が終わり、米軍による日本占領も終わって、いくぶんか社会的な緊張が弛みかけた時代ではあったのかもしれませんが。

大逆事件の全貌を明らかにできるほどの資料類は、事件から数十年を経て、そうした時代を迎えるまで、世間に表立ってきませんでした。佐多稲子によるこの短篇小説は、ようやくにして、管野当人の獄中手記など、当時として閲読可能になった限りの諸資料に目を通しながら書かれていることがわかります。

あまり知られていないことですが、管野須賀子は、ごく若いうちから、与謝野晶子という歌人のファンでした。デビュー当時の晶子は、まだ旧姓の鳳《ほう》晶子という名前でした。そのころからファンなのだと、管野は述べています。つまり、それは晶子の『みだれ髪』が刊行される、管野が二〇歳のとき。あるいは、それよりさらにいくらか早く、晶子が「明星」に歌を寄せはじめたころをさすのかもしれません。

そんなこともあり、死刑判決の迫るころから、管野は次つぎに歌を詠んでいます。湧くように口をついて出てきたんでしょうか。いい歌が多いんです。こんな歌もあります。

波三里初島《はしま》の浮ぶ欄干《おばしま》に並びて聞きし磯の船うた

佐多稲子の短篇小説「管野須賀子」では、この歌も、情景描写の素材に利用されています。湯河原の天野屋旅館に宿を決めた幸徳秋水と管野須賀子が、「海の向うに見える初島を眺めながら、宿の手すりに並んで立つ」――というシーンです。

それに続く、「点々と小さく見える漁船からは、舟歌さえ聞えてきそうな静かさだ」――とのくだりも、この歌からの解釈でしょう。

そう、リアリズムです。

ただし、そこがリアリズムのやっかいなところでもあるのですが、この描写には、現実からちょっとずれてしまっているところがあります。ひとつには、幸徳と管野が滞在した湯河原温泉は、当時の海岸近くの駅から歩けば、ずっと渓流沿いに山あいをさかのぼっていかねばならず、天野屋旅館から海を望むことはできません。ですから、初島も見えないのです。

それと、もうひとつ、僕の解釈を率直に言えば、獄中で、管野がこの歌を詠みながら思いだしているのは、幸徳のことではないと思います。つい先ごろまで、彼女が幸徳といっしょに、初島が浮かぶ海にも近い湯河原温泉に滞在していたのは、確かにその通りなのですが、ここで甦ってきているのは、さらにもう少し遠い日のことなのです。

湯河原の海べりから、さらに一〇キロほど南へ行くと、熱海の網代港があります。四年前の晩春、彼女が初島へ転地療養に出むこうとすると、荒畑がそこまでくっついてきた漁港です。当時、荒畑はまだ一九歳でした。

互いに離れそびれて、港沿いの高い堤を突端まで歩きました。そして、夕暮れ近い海のむこうに、初島を眺めていたのです。

翌朝、やっと彼とも別れ、小さな郵便船で、その島に一人で渡りました。

一〇日ばかり島に滞在したところで、彼女は「理想郷」と題するかなり長文の報告文を書き、当時の勤め先「毎日電報」宛てに郵便で送っています。暮らしに窮している身ですから、たとえ転地療養中でも、何か記事になるものならば、まめに編集部に届けて、クビにならない手だけは打っておかねばなりません。この原稿の冒頭には、「熱海より三里沖の小島」と副題が付されていて、本文は、こんな書き出しです。

《伊豆は熱海の温泉場より海上三里、その昔鎌倉右大臣実朝公が、

　箱根路をわれ越え来れば伊豆の海《み》の

　　沖の小島に波の寄る見ゆ

と詠じ給いしその沖の小島、即ち水仙の多きをもて水仙島の名ある初島とて、周囲わずかに一里弱、椿油の産地なり。》

＊後注

プリント配布資料

満洲日日新聞　明治四十二年十一月五日

韓満所感（上）

東京にて　夏目漱石

昨夜《さくや》久《ひさ》し振《ぶ》りに寸閑《すんかん》を偸《ぬす》んで満洲日日《まんしうにちにち》へ何《なに》か消息《せうそく》を書《か》かうと思《おも》ひ立《た》つて、筆《ふで》を執《と》りながら二三行《げう》認《したゝ》め出《だ》すと、伊藤公《いとうこう》が哈爾賓《はるぴん》で狙撃《そげき》されたと云《い》ふ號外《がうぐわい》が來《き》た。哈爾賓《はるぴん》は余《よ》がつい先達《せんだつ》て見物《けんぶつ》に行《い》つた所《ところ》で、公《こう》の狙撃《そげき》されたと云《い》ふプラットフォームは、現《げん》に一ヶ月前《げつぜん》に余《よ》の靴《くつ》の裏《うら》を押《お》し付《つ》けた所《ところ》だから、希有《けう》の兇變《けうへん》と云《い》ふ事《じ》實《ずつ》以外《いぐわい》に、場所《ばしょ》の連想《れんさう》からくる強《つよ》い刺激《しげき》を頭《あたま》に受《う》けた。ことに驚《おど》ろいたのは大連滞在中《たいれんたいざいちう》に世話《せわ》になつたり、冗談《ぜうだん》を云《い》つたり、すき焼《やき》の御馳走《ごちそう》になつたりした田《た》中理事《なかりじ》が同時《どうじ》に負傷《ふせう》したと云《い》ふ報知《はうち》であつた。けれども田中理事《たなかりじ》と川上總領事《かはかみそうれうじ》とは輕傷《けいせう》であると、わざ〳〵號外《がうぐわい》に斷《ことは》つてある位《くらゐ》だから、大《たい》した事《こと》ではなからうと思《おも》つて寢《ね》た。今朝《こんてう》わが朝日《あさひ》所載《しょさい》の詳報《せうはう》を見《み》ると、伊藤公《いとうこう》が撃《う》たれた時《とき》、中村總裁《なかむらそうさい》は倒《たふ》れんとする公《こう》を抱《だ》いてゐたとあるので、總裁《そうさい》

も亦同日同刻同所《またどうじつどうこくどうしよ》に居合《ゐあは》せたのだと云《い》ふ事《こと》を承知《せうち》して、又驚《またおど》ろいた
伊藤公《いとうこう》が、余《よ》と關係《くわんけい》の淺《あさ》からざる滿鐵《まんてつ》の線路《せんろ》を經過《けいくわ》して、余《よ》の知人《ちじん》と同乘同車《どうぜうどうしや》の末《すゑ》、未《いま》だ余《よ》の
記憶《きおく》に新《あらた》なる曾遊《そういう》の地《ち》に斃《たふ》れたのは、偶然《ぐうぜん》の出來事《できごと》ながら、余《よ》に取《と》つては珍《めづ》らしき偶然《ぐうぜん》の出來事《できごと》
である。公《こう》の死《し》は政治上《せいぢぜう》より見《み》て種種重大《しゆじゆぢうだい》な解釋《かいしやく》が出來《でき》るだらう、又單《またたん》なる個人《こじん》の災害《さいがい》と見《み》ても、
優《いう》に上下《ぜうげ》の視聽《してう》を聳《そびや》かすに足《た》る兇變《けうへん》であらう。從《したが》つて向後數週間《かうごすうしうかん》の間《あひだ》は、內地《ないち》の新紙《しんし》は勿論滿韓《もちろんまんかん》
の同業記者《どうげふきしや》も亦悉《またこと〴〵》く筆《ふで》を此一變事《このへんじ》にあつめるに違《ちがひ》ない。たゞ余《よ》の如《ごと》き政治上《せいぢぜう》の門外漢《もんぐわいかん》は遺憾《ゐかん》なが
ら其邊《そのへん》の消息《せうそく》を報道《はうだう》するの資格《しかく》がないのだから極《きは》めて平凡《へいぼん》な便《たよ》り丈《だけ》に留《とゞ》めて置《お》く
滿韓滯留中《まんかんたいりうちう》は諸方《しよはう》で一方《ひとかた》ならぬ厚意《かうい》を受《う》けて、至《いた》る所愉快《ところゆくわい》と滿足《まんぞく》を以《もつ》て見聞《けんぶん》を了《れう》した。是《これ》は、
余《よ》の深《ふか》く感銘《かんめい》する所《ところ》である。余《よ》は余《よ》の消息《せうそく》の此《この》一機《き》を利用《りよう》して、滿洲日日《まんしうにち〳〵》の紙上《しぜう》により改《あらた》めてわ
が在外《ざいぐわい》の同胞諸君《どうはうしよくん》に向《むか》つて、禮謝《れいしや》の意《い》を公《おほや》けにしたいと思《おも》ふ
ことに今度《こんど》の漫遊中《まんいうちう》に余《よ》は朋友知人《ほういうちじん》の難有味《ありがたみ》を深《ふか》く感《かん》じた。平生《へいぜい》は無精《ぶせう》と忙《いそ》がしいので、殆《ほと》ん
ど便《たよ》りもしないものが、自分《じぶん》の親類《しんるゐ》か何《なん》ぞの樣《やう》に、快《こゝろ》よく世話《せわ》をしてくれる。親切《しんせつ》に迎《むか》へてくれ
る。殆《ほと》んど氣《き》の毒《どく》な位《くらゐ》のものであつた。幸《さいはひ》に余《よ》の知人《ちじん》は滿韓《まんかん》にあつて、皆相應《みなさうおう》の地位《ちゐ》を得《え》てゐる
もの許《ばかり》であつたので、猶更特殊《なほさらとくしゆ》の便宜《べんぎ》を得《え》た。不斷《ふだん》は離《はな》れてゐるから、御互《おたがひ》が記憶《きおく》の中《なか》から消《き》え
てゐるのは自然《しぜん》の勢《いきほひ》であるが、斯《か》うやつて遠《とほ》くへ旅行《りよかう》して見《み》ると、始《はじ》めて友達《ともだち》の難有味《ありがたみ》が分《わか》る。
重要《ぢうえう》な地位《ちゐ》にある友達《ともだち》から金《かね》を借《か》りる了見《れうけん》のない余《よ》も、彼所此處《あすこここ》で懇《ねんご》ろな厄介《やくかい》になつた時《とき》は、矢《や》
張《は》り友達《ともだち》に限《かぎ》ると思《おも》つた

滿韓《まんかん》を經過《けいくわ》して第一《だい》に得《え》た樂天觀《らくてんくわん》は在外《ざいぐわい》の日本人《にほんじん》がみな元氣《げんき》よく働《はたら》いてゐると云《い》ふ事《こと》であつた。內地《ないち》のものは大概蒼《たいがいあを》い顏《かほ》をして多《おほ》くは滅入《めいつ》てゐる。意氣銷沈《いきせうちん》と神經衰弱《しんけいすゐじやく》と、失望《しつばう》と不平《ふへい》は至《いた》る所《ところ》に傳染《でんせん》してゐる。滿韓《まんかん》の同胞《どうはう》にはそんな弱《よは》い痕跡《こんせき》が見《み》えない。一言《ごん》にして云《い》ふと、皆元氣旺盛《みなげんきわうせい》で進取《しんしゆ》の氣象《きしやう》に富《と》んでゐるらしく見受《みう》けられる。どこへ行《い》つても、自分《じぶん》の經營《けいえい》してゐる事業《じげふ》や職務《しよくむ》に就《つい》て、懇切叮嚀《こんせつていねい》に說明《せつめい》してくれる。しかも其說明《そのせつめい》の內容《ないよう》は大部《だいぶ》分改良《ぶんかいれう》とか成功《せいこう》とか云《い》ふ意味《いみ》のものであるから、おのづから得意《とくい》の色《いろ》がある筈《はず》である

滿韓《まんかん》で逢《あ》つた人《ひと》で、もう駄目《だめ》だから內地《ないち》へ歸《かへ》りたいなどと云《い》つたものは一人《ひとり》もない。皆其業務《みなそのげふむ》に熱心《ねつしん》である、是《これ》は內地《ないち》と違《ちが》つて、諸種《しよしゆ》の經營《けいえい》が皆新《みなあた》らしいので、若《わか》い人《ひと》の手腕《しゆわん》を揮《ふる》ふ餘地《よち》のあるのと、小舅《こじうと》の樣《やう》なものが、干涉《かんせふ》がましい事《こと》を云《い》はずに、萬事放任主義《ばんじはうにんしゆぎ》で全體《ぜんたい》を當事者《たうじしや》に一任《にん》してあるから、當事者《たうじしや》の意見《いけん》が着々實行出來《ちやく〳〵じつかうでき》るのと、最後《さいご》には其實行《そのじつかう》に對《たい》する報酬《はうしう》が內地《ないち》の倍以上《ばいいぜう》に高價《かうか》に仕拂《しはら》はれるからであらうと思《おも》ふ。韓國《かんこく》での話《はなし》に、此方《こつち》の巡査《じゆんさ》は五十圓程《ゑんほど》になるから、晚《ばん》に麥酒《びーる》の一杯《ぱい》も飮《の》める。然《しか》し內地《ないち》へ歸《かへ》ると十圓內外《ゑんないぐわい》の月給《げつきふ》に切《き》り詰《つ》められて苦《くる》しくつて堪《たま》らなくなるので、また此方《こつち》へ來《き》たくなるんだと聞《き》いた。此經濟的餘裕《このけいざいてきよゆう》は滿韓《まんかん》の上下《ぜうげ》を通《つう》じて、大《おほ》いにわが同胞《どうはう》の頭《あたま》に影響《えいけう》してゐる事《こと》と考《かんが》へられる

満洲日日新聞　明治四十二年十一月六日

韓満所感（下）

東京にて　夏目漱石

余《よ》は個人《こじん》の經濟事狀《けいざいじぜう》を以《もつ》て、個人《こじん》の幸福《かうふく》に至大《しだい》の關係《くわんけい》を有《いう》するものと信《しん》ずる一人《にん》である、滿韓《まんかん》在留《ざいりう》の同胞《どうばう》の生活程度《せいくわつていど》が、内地人《ないちじん》のそれに比《ひ》して比較的高《ひかくてきたか》いのを目撃《もくげき》して贅澤《ぜいたく》だ抔《など》とは決《けつ》して思《おも》はない。却《かへ》つて内地《ないち》に齷齪《あくせく》する我々《われ〳〵》が氣《き》の毒《どく》でならない位《くらゐ》である。余《よ》が滿洲日々《まんしうにち〳〵》の依頼《いらい》に應《おう》じて一場《でう》の講演《かうえん》を試《こゝろ》みた際《さい》、背後《はいご》にある中村總裁《なかむらそうさい》を顧《かへり》みていくら總裁《そうさい》だつて内地《ないち》ではあんな立派《りつぱ》な家《うち》へは這入《はい》れませんと云《い》つたが、是《これ》は親友《しんいう》の間柄《あひだがら》、當座《たうざ》の冗談《ぜうだん》に過《す》ぎなかつたのは無論《むろん》の事《こと》であるけれども、是《これ》に意味《いみ》を付《つ》けて解釋《かいしやく》すれば、總裁《そうさい》が贅澤《ぜいたく》だと判《はん》するよりも、内地人《ないちじん》がシミツタレだと飜譯《ほんやく》する方《はう》が寧《むし》ろ適當《てきたう》である。大連《たいれん》にある總裁《そうさい》の社宅《しやたく》は露西亞《ろしや》の技師長《ぎしちやう》とかの家《うち》だと聞《き》いてゐる。滿鐵《まんてつ》の總裁《そうさい》が露西亞《ろしや》の一技師長《ぎしちやう》の家《うち》へ這入《はい》つて贅澤《ぜいたく》だと云《い》はれる樣《やう》では、日本《にほん》も外聞《ぐわいぶん》のわるい程《ほど》希知《けち》な國《くに》になつて仕舞《しま》ふ譯《わけ》である。否《いな》余《よ》は田中理事《たなかりじ》の家《うち》に這入《はい》つて、其書齋《そのしよさい》やら應接間《おうせつま》を見《み》て、理事《りじ》の居宅《きよたく》としては寧《むし》ろ狹過《せますぎ》ると思《おも》つた位《くらゐ》である。外國人《ぐわいこくじん》を連《つ》れて來《き》て見《み》せたら、是《これ》が堂々《だう〳〵》たる日本《にほん》の大會社《だいくわいしや》の理事《りじ》の住居《すまゐ》かと云《い》つて驚《おど》ろく位《くらゐ》のものだらう。朝鮮《てうせん》で余《よ》が一週間程厄介《しうかんほどやくかい》になつた知人《ちじん》の官舍《くわんしや》は新築《しんちく》で西洋間《せいやうま》が四つ程《ほど》ある。其木口《そのきぐち》をよく見《み》ると、鴨緑江材《あふりよくかうざい》に漆《うるし》をかけたもので、余《よ》に云《い》はせると寧《むし》ろ粗末《そまつ》である。窓掛《まどかけ》や敷物《しきもの》に至《いた》つても決《けつ》して整《とゝの》つてるとは評《へう》せられない。

夫《それ》でも人《ひと》は立派《りつぱ》だ〳〵と囃《はや》してゐた。余《よ》は局長《きよくてう》としての主人《しゆじん》が、朝鮮迄來《てうせんまでき》てわざわざこんな家《うち》に押《お》し込《こ》められたのを却《かへ》つて氣《き》の毒《どく》に思《おも》つた。公平《こうへい》に云《い》へば、我我《われわれ》中流《ちうりう》の人士《じんし》は誰《たれ》でも此位《このくらゐ》な家《うち》に住《す》んで然《しか》るべきであらう。余《よ》の東京《とうけう》早稲田《わせだ》の借家《しやくや》は、是《これ》に比《ひ》して遙《はる》かに劣《おと》つてゐる。けれども自《じ》分《ぶん》は日本《にほん》の中流《ちうりう》の紳士《しんし》として、今《いま》よりは倍以上《ばいいぜう》に立派《りつぱ》な邸宅《ていたく》を有《いう》して然《しか》るべきものとの觀念《くわんねん》を常《つね》に有《いう》してゐる。此主人《このしゆじん》は又馬《またうま》を二頭飼《とうか》つてゐたが、是《これ》も内地《ないち》から來《き》たものが、見《み》たら吃驚《きつけう》の種《たね》かも知《し》れない。が、馬《うま》を二頭飼《とうか》ふ局長《きよくてう》が珍《めづ》らしい様《やう》では、日本人《にほんじん》の膽《きも》も亦小《またせう》なりと云《い》ふべきである。

歴遊《れきいう》の際《さい》もう一つ感《かん》じた事《こと》は、余《よ》は幸《さいはひ》にして日本人《にほんじん》に生《うま》れたと云《い》ふ自覺《じかく》を得《え》た事《こと》である。内地《ないち》に跼蹐《きよくせき》してゐる間《あひだ》は、日本人程《にほんじんほど》憐《あは》れな國民《こくみん》は世界中《せかいぢう》にたんとあるまいといふ考《かんがへ》に始終《しじう》壓迫《あつぱく》されてならなかつたが、滿洲《まんしう》から朝鮮《てうせん》へ渡《わた》つて、わが同胞《どうばう》が文明事業《ぶんめいじげふ》の各方面《かくはうめん》に活躍《くわつやく》して大《おほ》いに優越者《いうえつしや》となつてゐる狀態《ぜうたい》を目撃《もくげき》して、日本人《にほんじん》も甚《はなは》だ頼母《たのも》しい人種《じんしゆ》だとの印象《いんせう》を深《ふか》く頭《あたま》の中《なか》に刻《きざ》みつけられた

同時《どうじ》に、余《よ》は支那人《しなじん》や朝鮮人《てうせんじん》に生《うま》れなくつて、まあ善《よ》かつたと思《おも》つた。彼等《かれら》を眼前《がんぜん》に置《お》いて勝《せう》者《しや》の意氣込《いきごみ》を以《もつ》て事《こと》に當《あた》るわが同胞《どうばう》は、眞《しん》に運命《うんめい》の寵兒《てうじ》と云《い》はねばならぬ。京城《けいぜう》にある或知人《あるちじん》が余《よ》に斯《か》う云《い》つた。――東京《とうけう》や横濱《よこはま》では外國人《ぐわいこくじん》に向《むか》つて、ブロークン、イングリツシを話《はな》すのが極《きま》りが惡《わる》くつて弱《よは》つたが、此地《このち》に來《き》て見《み》ると妙《めう》なもので、ブロークンでも何《なん》でもすら〳〵出《で》るから不思議《ふしぎ》だ。――滿韓《まんかん》にある同胞諸君《どうばうしよくん》の心理《しんり》は此《この》一言《げん》で其大部分《そのだいぶぶん》を説明《せつめい》されはしなからうか

＊初出　「新潮」二〇一三年二月号

暗殺者《あんさつしゃ》たち

著者

黒川《くろかわ》 創《そう》

発行

2013年5月30日

発行者 佐藤隆信

発行所 株式会社新潮社

〒162-8711 東京都新宿区矢来町71

電話 編集部 03-3266-5411

読者係 03-3266-5111

http://www.shinchosha.co.jp

印刷所

大日本印刷株式会社

製本所

株式会社大進堂

乱丁・落丁本は、ご面倒ですが小社読者係宛お送り下さい。

送料小社負担にてお取替えいたします。

価格はカバーに表示してあります。

ISBN978-4-10-444406-9 C0093